dtv
premium

MIX
Papier aus verantwortungsvollen Quellen
FSC® C083411

Originalausgabe 2017

Das Werk wurde vermittelt von
erzähl:perspektive Literaturagentur, München.
Umschlaggestaltung: Isabella Grill/dtv
unter Verwendung von Fotos von gettyimages und
F1online/Priscilla Gragg Blend Images
Satz: Druckerei C.H.Beck, Nördlingen
Gesetzt aus der Documenta 10,25/14,5˙
Druck und Bindung: CPI – Ebner & Spiegel, Ulm
Gedruckt auf säurefreiem, chlorfrei gebleichtem Papier
Printed in Germany · ISBN 978-3-423-26146-3

RSTE

KAPITEL 1

Es war der 26. Mai, als ich den Brief bekam. Es war einer dieser Tage, die sich nicht entscheiden können, ob sie der Sonne eine Chance geben wollen. Es war der Tag, der mein Leben auf den Kopf stellte.

Der Brief kam in einem dieser unscheinbaren blassweißen Umschläge, die es im Zwanzigerpack in jeder Postfiliale gibt. Versehen mit einer handgeschriebenen Adresse, der ich eigentlich keine weitere Aufmerksamkeit geschenkt hätte. Ich tat es dennoch, denn: Es war die falsche. Auf dem Brief stand:

Marie Kluge
15 Rue Visconti
75006 Paris
France

Ich lachte. Sollte das ein Scherz sein? Ich hatte noch nie in meinem Leben in Paris gewohnt und konnte mich nur schemenhaft an die Stadt erinnern, die ich in Kindheitstagen mal mit meinen Eltern besucht hatte. Vielleicht war ich gar nicht gemeint. So ungewöhnlich war mein Name nicht, dass es nicht auch eine Namensvetterin geben konnte, die zufällig nach Frankreich ausgewandert war. Aber wie kam der Postbote dann auf meine Adresse in Hamburg? Ich drehte den Brief um. Absenderin war Christine Hausmann. Christine Hausmann, hmm.

Es dauerte einen Moment, bis ich mich an eine alte Jugendfreundin erinnerte, die ich seit bestimmt fünfzehn Jahren nicht mehr getroffen hatte. Konnte das sein? Laut Absender wohnte sie nun in Berlin. Die Briefmarke zeigte den Berliner Gendarmenmarkt, der Poststempel ließ sich nicht entziffern.

Noch immer leicht belustigt ging ich in die Küche. Dort öffnete ich den Brief gegen meine Gewohnheit nicht mit den Fingern, sondern fein säuberlich mit einem Messer. Ich zog einen weißen Bogen heraus, dessen Ränder mit schlichten Ornamenten verziert waren, faltete ihn auseinander und begann zu lesen. Und mit jeder Zeile, jedem Satz und jedem Wort, das ich las, entfernte ich mich unmerklich aus einem Leben, das ich bisher als normal empfunden hatte. In dem Brief stand:

Liebe Marie,

jetzt haben wir schon so lange nichts mehr voneinander gehört. Aber Du weißt ja, wie das ist: Der Job, die Familie, die vielen kleinen und großen Verpflichtungen und, schwupps, ist schon wieder ein halbes Jahr rum. Wie geht es Dir und Victor? Habt ihr euch von dem Vorfall erholt? Ich bewundere Deine Stärke. Wie oft habe ich während der schweren Zeit daran gedacht,

wie wir als Kinder in dem kleinen Wald hinter der Scheune gespielt haben. Kannst Du Dich noch an unser Versteck erinnern? Ich wette, unsere Kreidezeichnungen sind dort noch heute irgendwo.
Oje, ich will gar nicht so nostalgisch werden. Manchmal habe ich das Gefühl, dass ab Mitte dreißig die Uhren wieder rückwärts laufen. Vor allem, wenn man Kinder hat. Paul und Amelie sind zwei echte Goldstücke. Amelie läuft jetzt seit ein paar Monaten und Paul ist so ein schlaues Kerlchen, dass wir ihn wahrscheinlich dieses Jahr schon einschulen werden. Keine Ahnung, von wem er das hat.
Wie geht es Dir in Paris? Was für eine schöne Stadt! Wie laufen die Ausstellungen? Ach je, wir müssen uns einfach wieder treffen.
Komm doch mal nach Berlin – wir würden uns freuen!

Alles Liebe + Umarmung
Deine Christine

PS: Ich soll Dich von Yvonne grüßen. Sie ist mir durch Zufall über den Weg gelaufen, als ich meine Eltern besucht habe.

Mein Mund war trocken. Ich schluckte. Das war nicht mehr lustig. Weil alles in dem Brief auf seltsame Weise vertraut und doch komplett verkehrt war. Christine und ich waren Sandkastenfreundinnen gewesen, wir hatten die Schulzeit miteinander verbracht. Aber danach war der Kontakt vollständig abgebrochen. Ich wusste nur eines ganz sicher: dass sie nicht in Berlin wohnte, sondern immer noch in unserem Heimatdorf in Niedersachsen. Meine Mutter hatte mir mal erzählt, dass sie geheiratet und einen kleinen Jungen bekommen hatte. Von einem Mädchen wusste ich nichts. Was meinte sie mit »Vorfall« und »schwerer Zeit«? Welche Ausstellungen in Paris? Ich arbeitete als freie Journalistin in Hamburg. Und wer zum Teufel war Victor? Ob sie sich einen schlechten Scherz erlaubte? Andererseits: Warum sollte sie? Aber das Allerschlimmste war, und das jagte mir einen kalten Schauer über den Rücken: Yvonne war seit drei Jahren tot. Bei einem Autounfall ums Leben gekommen. Ich hatte damals noch mit dem Gedanken gespielt, zur Beerdigung zu fahren.

Was war hier los?

Ich hörte, wie die Wohnungstür geschlossen wurde, und Johanna kam in die Küche. Die Frau, die ich seit zwei Jahren liebte und mit der ich seit einem Jahr zusammenwohnte, schaute mich erstaunt an.

»Wie siehst du denn aus? Du bist ja ganz blass. Geht's dir nicht gut?«

Ich weiß nicht, warum ich ihr nichts von dem Brief erzählte. Irgendetwas war so komplett verkehrt, dass ich mich einfach nicht in der Lage dazu fühlte. Mehr noch: Es machte mir Angst. Ich murmelte etwas von Kreislauf und Unterzuckerung und Johanna fragte nicht weiter nach. Warf aber einen skeptischen Seitenblick auf den Umschlag, den ich in den Händen hielt. Dann plauderte sie in ihrer fröhlichen Art vor sich hin, erzählte von einem neuen Bauprojekt und dem Klatsch und Tratsch aus dem Büro.

Johanna war Architektin. Ich hatte sie vor gut zwei Jahren bei einem Interview kennengelernt. Es ging um das Thema »Coming-out am Arbeitsplatz«, das ich für eine kleine Tageszeitung recherchieren sollte. Eigentlich kein typischer Stoff für ihre eher konservative Leserschaft, aber es passte zur aktuellen politischen Debatte. Bis auf eine unschuldige Schwärmerei während der Pubertät hatte ich mich mit dem Thema »Homosexualität« nie beschäftigt. Von Stefan, meinem letzten Freund, hatte ich mich gerade erst getrennt und genoss neben all dem Trennungsschmerz die neu gewonnene Freiheit. Johanna nahm sie mir in nur drei Sätzen. Sie sagte: »Ich liebe Frauen. Ich liebe die Art, wie sie reden, wie sie riechen und wie sie sich anfühlen. Hast du schon mal eine Frau geküsst?« Sie hatte Grübchen und einen schiefen Schneidezahn. Ich tat es noch am selben Abend.

Den Rest des Tages verbrachte ich in einer tiefen Unruhe. Johanna bemerkte es, sagte aber nichts. Das war so ihre Art. Abwarten und Ruhe bewahren, bis man von allein mit dem Problem herausrückte. Wenn ich wütend auf sie war, brachte mich das zur Weißglut, jetzt war ich eigentlich ganz froh darüber. Weil ich einfach nicht wusste, wie ich mich verhalten sollte. Den Brief zerreißen und unter »du musst nicht alles im Leben erklären können« abspeichern? Oder der Sache nachgehen? Davor gruselte es mir. Gegen Abend beschloss ich, meine Mutter anzurufen.

»Schätzchen, wie geht es dir?«, begrüßte sie mich. So würde sie mich wahrscheinlich in zwanzig Jahren noch nennen. Es tat gut, die vertraute Stimme zu hören. Ich versuchte, ganz unbefangen zu plaudern, über den Job, die Freizeitpläne, das Wetter. »Was ist los?«, fragte sie unvermittelt.

Ich war eine schlechte Schauspielerin. Oder einfach zu aufgewühlt. Ich schluckte und fragte sie, ob sie in der letzten Zeit etwas von Christine gehört habe.

»Du meinst deine alte Schulfreundin Christine? Ab und zu laufen wir uns mal über den Weg. Manchmal hat sie den Kleinen dabei, der jetzt auch mittlerweile – lass mich überlegen – vielleicht fünf Jahre alt sein müsste. Warum?«

»Weißt du, ob sie noch ein anderes Kind hat, vielleicht eine Tochter?«

»Nein, das hätte ich sicherlich mitbekommen. Wie kommst du darauf?«

»Das kann ich gerade schlecht erklären«, antwortete ich wahrheitsgemäß. »Habt ihr mal über mich geredet?«, fragte ich weiter.

»Na ja, du weißt ja, wie das ist, man grüßt sich, plaudert vielleicht kurz übers Wetter und dann geht wieder jeder seiner Wege. Ab und zu fragt Christine nach dir. Ich habe ihr erzählt, dass du als Journalistin in Hamburg arbeitest – das hat sie gefreut.«

Das Gespräch mit meiner Mutter brachte keine neuen Erkenntnisse. Und keinerlei Anhaltspunkte, warum mir Christine so einen Brief schreiben sollte. Mir fiel ein, dass ich mit ihr auf Facebook verlinkt war, und ich beschloss, ihr Profil zu durchstöbern.

Nachdem ich mich eine halbe Stunde durch Babyfotos und belanglose Einträge gewühlt hatte, war ich immer noch nicht weiter. Es gab viel über den kleinen Paul, aber eine Tochter namens Amelie wurde an keiner Stelle erwähnt. Nur eine Sache machte mich stutzig: Vor ziemlich genau zwei Jahren war der rege Strom an Einträgen für zwei bis drei Monate unterbrochen. In dieser Zeit hatte sie auf ihrem Profil nur ein Lied gepostet: »La valse d'Amélie«. Kommentarlos.

Gedankenverloren starrte ich auf den Bildschirm, während ich dem melancholischen Klavierstück lauschte. Plötzlich schreckte ich auf, weil ich eine Hand auf meiner Schulter spürte. Johanna stand hinter mir. Sie musste dort schon eine Weile gestanden haben, ohne dass ich sie bemerkt hatte.

Sie schaute mich fragend an. »Willst du mir jetzt erzählen, was los ist?«

Nach kurzem Zögern holte ich den Brief hervor, den ich in meine Schreibtischschublade gelegt hatte. Wortlos drückte ich ihn ihr in die Hand. Sie schaute mich kurz an, entfaltete ihn und begann zu lesen. Dann las sie ihn noch mal und drehte den Briefumschlag zu sich herum, der adressiert war an:

Marie Kluge
15 Rue Visconti
75006 Paris
France

Ich kannte die Anschrift mittlerweile auswendig.

»Was hat das zu bedeuten?«, fragte Johanna mich.

»Wenn ich das wüsste«, antwortete ich, »würde ich hier nicht so sitzen.«

»Wer ist Christine?«

»Eine alte Schulfreundin, zu der ich schon seit Ewigkeiten keinen Kontakt mehr habe. Ich weiß nur eines ganz sicher: dass sie nicht in Berlin wohnt und keine Tochter hat. Sie wohnt im selben Ort wie meine Eltern, Mama trifft sie ab und zu. Ich habe keine Erklärung, warum sie mir so etwas schreiben sollte. Im Übrigen« – ich schluckte – »im Übrigen ist Yvonne, von der dort die Rede ist, vor drei Jahren bei einem Autounfall ums Leben gekommen.«

Johanna setzte sich neben mich und schwieg eine Weile, während sie den Brief von allen Seiten betrachtete. Dann legte sie mir den Arm um die Schultern und schaute mich an. »Ganz klar, da hat sich jemand einen dummen Scherz erlaubt. Einen unglaublich geschmacklosen, saudummen Scherz.«

»Aber das Versteck und diese ganzen Kindergeheimnisse, von denen nur Christine und ich wissen?«, murmelte ich.

»Man kann alles irgendwie herausfinden. Und so einen Brief, den kann man fälschen. Wer sagt, dass er wirklich mit der Post verschickt wurde? Vielleicht hat jemand einen Poststempel gefälscht und ihn einfach in den Briefkasten geworfen.« Sie schwieg kurz und schaute mich forschend an: »Die Frage ist nur, wer und warum?«

KAPITEL 2

Johanna hatte mir geraten, der Sache nicht zu viel Bedeutung beizumessen. Aber das fiel mir schwer. Aus irgendeinem Grund beunruhigte mich der Brief mit seinen unheimlichen Andeutungen sehr.

»Ruf sie doch einfach an!«

»Hmm, ich weiß nicht. Wie soll ich ihr das denn erklären?«

»Wenn sie in der Sache mit drinsteckt, wird sie ja wissen, worum es geht.«

»Und dann? Glaubst du, sie macht sich erst die Arbeit mit dem Brief, um mir dann am Telefon alles in Seelenruhe zu erklären?«

»Vielleicht möchte sie ja nur deine Aufmerksamkeit.«

»Aber wieso denn? Die könnte sie doch auch mit weniger Aufwand haben. Außerdem kann ich mir einfach nicht vorstellen, dass sie damit irgendwas zu tun hat.«

»Ich weiß auch nicht, Schatz. Vielleicht solltest du sie einfach mal besuchen und der Sache auf den Grund gehen.«

Und genau das tat ich dann auch.

Meine Eltern waren einigermaßen erstaunt, dass ich so ohne Grund bei ihnen vorbeikam. Normalerweise ließ ich mich nur ein paar Mal im Jahr zu besonderen Anlässen blicken. Aber sie freuten sich natürlich. »Schön, dass du da bist, Schätzchen.« Meine Mutter umarmte mich und Vater lächelte mir aus dem Türrahmen entgegen. Fast hatte ich ein schlechtes Gewissen, dass ich eigentlich nur wegen dieser einen Sache hier war. Man sollte seine Eltern viel öfter einfach mal so besuchen.

»Komm herein«, sagte mein Vater. »Der Kaffee läuft schon durch. Hattest du eine gute Fahrt?«

Ich nickte. Es war alles so schön vertraut. Der Geruch nach frischer Bettwäsche, die weichen Sofapolster, die alten Fotografien an der Wand. Obwohl ich sie in- und auswendig kannte, schaute ich sie mir jedes Mal aufs Neue an, wenn ich hier war. Und badete wohlig in alten Kindheits- und Urlaubserinnerungen.

»Und, wie läuft es in Hamburg?«, fragte mein Vater, als wir gemütlich unseren Kaffee schlürften.

»Ganz gut. Eigentlich alles wie immer. Johanna hat gerade wieder ganz schön viel Arbeit. Ihre Firma bewirbt sich um ein neues Bauprojekt.«

»Das kann ich mir vorstellen«, erwiderte meine Mutter besorgt. »Sie hat sich ja nicht gerade den einfachsten Beruf ausgesucht. Ich höre immer wieder, wie sich Architekten durchkämpfen müssen. Hoffentlich wird es Johanna nicht zu viel.«

»Nein, das glaube ich nicht. Sie hat Spaß daran. Und erfolgreich sind sie auch. Es sind halt immer wieder so Phasen, die stressig sind.«

»Und wie läuft es bei dir?«, fragte mein Vater.

»So weit, so gut. Auftragslage ist okay. Momentan sind zwar keine Riesenstorys dabei, aber es wird nicht langweilig.«

»Ich warte ja immer noch darauf, dass du irgendwann einen großen Skandal aufdeckst. Eine Staatsaffäre oder ein paar korrupte Politiker entlarvst, das wäre doch was.« Mein Vater grinste.

Ich musste lachen. »Ach, Papa, du schaust zu viele Krimis. Ich schreibe überwiegend für regionale Medien. Da passiert nicht so viel Spektakuläres.«

»Wie schade. Aber wahrscheinlich dürftest du es uns auch gar nicht sagen, wenn du an einer nebulösen Story dran bist. Das lesen wir dann ja später in der Zeitung.« Mein Vater zwinkerte mir zu.

»Nebulös« hatte er gesagt. Einer dieser Ausdrücke, die außer meinem Vater wahrscheinlich niemand benutzt. Aber genau damit traf er prompt ins Schwarze: Ja, ich war an einer ziemlich nebulösen Sache dran. Vielleicht war ich sogar tief darin verstrickt.

Schon vor meiner Fahrt hierher hatte ich Christine über Facebook geschrieben, dass ich sie gerne besuchen würde. Ihre Antwort wirkte überrascht, aber auch erfreut: »Hey, Marie, das ist ja ein Ding. Klar, komm vorbei! Ich habe gerade Urlaub, bist also jederzeit herzlich willkommen.« Das hatte ziemlich normal geklungen. Aber genau deshalb musste ich sie ja auch persönlich sprechen.

Also machte ich mich am nächsten Tag gegen Nachmittag auf den Weg zu ihr. Ich war nervös, als ich die Klingel drückte. Es dauerte eine Weile, bis sich die Tür öffnete. Zwei dunkelbraune Augen auf der Höhe meines Bauchnabels fixierten mich. Das musste Paul sein. Ich entspannte mich etwas und lächelte. »Hallo, du bist bestimmt Paul.«

Wortlos öffnete er mir die Tür und im Hintergrund hörte ich Christines Stimme. »Hallo, Marie, komm rein, schön, dass du da bist!« Mit ausgebreiteten Armen kam sie auf mich zu.

Das war Christine. Herzlich, laut und fröhlich wie immer. Trotzdem dachte ich: Mein Gott, ist sie alt geworden. Feine Silberfäden durchzogen ihr Haar und die Haut um die Augen kräuselte sich. Vor allem aber war es ihr Blick, der in mir diesen Eindruck hervorrief. Die Unbekümmertheit war verflogen. Ich dachte an das sommersprossige Mädchen, das die Jungs aus unserer Klasse im Armdrücken besiegte, die Jugendfreundin, die sich aus Lust und Laune ihre langen Locken abrasierte, und die Abiturientin, die sich unsterblich in einen Referendar an unserer Schule verliebte: Tim. Den hatte sie später auch geheiratet. Es war alles so nah und doch mittlerweile fast fünfzehn Jahre her.

»Du hast dich gar nicht verändert«, log ich. Warum eigentlich?

Sie lachte. »Du schon.« Und grinste mich an. Da war sie wieder, die alte Vertrautheit.

Ihre Wohnung war hell, geräumig und geschmackvoll eingerichtet. Eine gemütliche Couch vor einer großen Fensterfront lockte mit Ausblick in den Garten. Ich setzte mich, während mich Paul aus sicherer Entfernung kritisch beäugte und Christine in der Küche herumwerkelte. Währenddessen versorgte sie mich lautstark mit den wichtigsten Updates der vergangenen fünfzehn Jahre. Dann setzte sie sich zu mir und in den nächsten zwei Stunden vergaßen wir Raum und Zeit. Eine Anekdote folgte auf die nächste und wir lachten, als wären seit unserem letzten Treffen gerade einmal ein paar Wochen vergangen.

»Und das mit Johanna und dir läuft gut?«, fragte sie schließlich.

»Auf jeden Fall. Wir wohnen jetzt seit einem Jahr zusammen und reden immer noch miteinander.« Ich zwinkerte ihr zu.

»Dass du dich mal in eine Frau verliebst, hätte ich nicht gedacht. Aber warum auch nicht?«

»Ja, warum nicht. Es ist halt einfach passiert. Zum Glück.«

Christine seufzte theatralisch. »Wahrscheinlich bin ich die Einzige, die seit ihrem achtzehnten Lebensjahr mit ein und demselben Mann zusammen ist.«

»Und, riskierst du manchmal einen Blick?«

»Ehrlich gesagt: nö.« Christine grinste. »Als Mami setzt du andere Prioritäten. Und Tim hat sich ja eigentlich ganz gut gehalten. Sagen wir: Er bemüht sich.«

Wir lachten.

Plötzlich unterbrach uns eine leise Stimme. Paul war unbemerkt hinter uns aufgetaucht. Zum Glück schien er von dem Gespräch nicht viel mitbekommen zu haben. »Mama«, fragte er mit ernstem Gesichtsausdruck, »woher wissen die Vögel, in welche Richtung sie fliegen müssen, wenn sie im Herbst nach Süden ziehen?« Er hatte bis gerade eben im Garten gespielt.

»Sie folgen ihrem Instinkt«, antwortete Christine.

»Was ist Instinkt?«, wollte ihr Sohn nun wissen.

Christine streichelte ihm geduldig über den Kopf. »Spätzchen, wir schauen uns das nachher gemeinsam im Internet an, in Ordnung? Jetzt unterhalte ich mich gerade mit meiner alten Freundin Marie.«

Paul schaute mich kurz an und verschwand wortlos zurück in den Garten.

Christine seufzte und warf mir einen vielsagenden Blick zu. »Er ist so ein schlaues Kerlchen. Keine Ahnung, von wem er das hat.«

Ich erschrak. Genau diese Worte hatten in dem Brief gestanden, der mir jetzt auf einen Schlag wieder in den Sinn kam. Ich schluckte und fragte: »Habt ihr vor, ihn früher einzuschulen?«

»Ja, dieses Jahr schon«, antwortete sie und lachte. »Er ist zwar erst fünf, aber du hast ja selbst gehört, was für Fragen er stellt. Und die war wirklich noch harmlos.«

Ich räusperte mich und nestelte nervös an meiner Tasche herum. »Christine, ich muss dich etwas fragen ... Es gibt noch einen anderen Grund, warum ich heute hier bin.«

»Aha«, antwortete sie neugierig, »da bin ich ja gespannt. Erzähl!«

Unsicher zog ich den Brief hervor und drückte ihn ihr in die Hand. »Bitte erschrick jetzt nicht, ich weiß selber nicht, was ich damit anfangen soll.«

Christine nahm ihn und las zunächst die Anschrift auf dem Umschlag. Erstaunt schaute sie mich an: »Da hat ja jemand so eine Schrift wie ich ... und du in Paris?« Sie lachte kurz, brach aber sofort wieder ab, als sie meinen ernsten Gesichtsausdruck sah. Sie zog den Bogen aus dem Umschlag, entfaltete ihn und begann zu lesen.

Ihr Gesichtsausdruck veränderte sich schlagartig. Sie wurde leichenblass und schaute mich zornig an: »Was soll das?« Dann fing sie an zu weinen.

Wenn ich mir durch diesen Besuch irgendeine Art logischer Erklärung erhofft hatte, wurde dies mit Christines heftiger Reaktion zunichtegemacht. Mir war sofort klar, dass sie diesen Brief zum ersten Mal in den Händen hielt. Schlimmer noch: Er ging ihr offensichtlich sehr nahe. Sie hatte den Kopf in die Hände gelegt und schluchzte.

Unbeholfen legte ich ihr die Hand auf den Rücken und versuchte, sie zu beruhigen: »Tut mir leid, Christine. Ich hatte keine Ahnung, dass dir der Brief so nahegeht. Ich kann ihn mir auch überhaupt nicht erklären. Er lag vor zwei Wochen auf einmal in meinem Briefkasten in Hamburg. Ich hatte gehofft, du hättest vielleicht irgendeine Erklärung, was das soll … oder wer so etwas schreiben könnte.«

Langsam blickte sie auf. Ihre Fröhlichkeit war einem tieftraurigen Ausdruck gewichen, der mich sehr beunruhigte. Sie starrte an mir vorbei ins Leere und begann mit leiser Stimme zu erzählen.

»Tim und ich wollten ein zweites Kind. Es schien erst nicht zu klappen und wir hatten uns schon fast damit abgefunden, dass Paul ein Einzelkind bleiben würde. In dieser Zeit schmiedeten wir Pläne, in eine größere Stadt zu ziehen. Tim hatte eine Anstellung als Lehrer in Berlin in Aussicht und ich wollte noch mal studieren. Dann wurde ich plötzlich doch wieder schwanger. Tim und ich waren außer uns vor Freude, beschlossen aber, vor Vollendung des dritten Monats mit niemandem darüber zu reden. Kurz darauf hatte ich eine Fehlgeburt. Keiner hat je davon erfahren. Auch nicht von dem Namen, den wir unserer Kleinen gegeben hätten, wenn es ein Mädchen geworden wäre: Amelie.«

Ich schluckte.

»Bitte geh jetzt«, sagte sie und stand auf.

»Christine«, sagte ich, »ich bin genauso geschockt wie du. Und ich schwöre dir: Ich habe nichts mit der Sache zu tun. Aber bitte überlege: Wer könnte so etwas wissen? Habt ihr mit irgendjemandem darüber geredet?«

»Nein, garantiert nicht«, antwortete sie, »und ich will auch nichts mehr davon hören. Verstehst du, ich habe mit der Sache ein für alle Mal abgeschlossen. Bitte geh jetzt.« Sie wischte sich die Tränen aus den Augen, ihr Gesicht war starr und verschlossen.

»Tut mir leid«, murmelte ich, nahm meine Tasche und ging mit weichen Knien zur Tür.

Christine kam nicht hinter mir her.

Kurz bevor ich die Haustür hinter mir schließen wollte, bemerkte ich einen Schatten neben mir. Paul musste mir lautlos gefolgt sein. Er schaute mich mit den großen Augen eines Fünfjährigen an und sagte mit unbewegter Stimme: »Amelie geht es gut. Sie will nicht, dass Mama weint.« Dann drückte er die Tür ins Schloss.

Ich starrte das dunkle Holz an. Mein Kopf begann zu pochen und ein stechender Schmerz kroch meine Schläfen hinauf.

KAPITEL 3

»Und was wäre, wenn sie dir all das bloß vorgemacht hat?« Ich saß wieder in unserer Küche in Hamburg und hatte Johanna alles erzählt. Sie fuhr fort: »Im Ernst, meistens sind es die Menschen, von denen man es am wenigsten erwartet. Wie oft hört man von unauffälligen Bürgern und braven Steuerzahlern, die jahrelang eine grauenvolle Tat vertuscht haben. Oder ein Doppelleben führen.«

Ich hatte den Kopf auf die Hände gestützt. »Das kann ich mir einfach nicht vorstellen«, sagte ich leise. »Christine, die ihr Kind in den Keller sperrt oder Leichenteile in Blumenkästen versteckt? Undenkbar. Und dann bleiben immer noch tausend Fragen: Was soll die Pariser Adresse, wer ist Victor und überhaupt? Ein Hilfeschrei sieht anders aus.«

»Du hast sie seit fünfzehn Jahren nicht gesehen«, erwiderte Johanna. »Woher willst du wissen, dass sie nicht doch eine Macke hat? Oder ihr komischer Typ. Mal ehrlich: Welcher Lehrer bandelt mit seiner Schülerin an und bedient so ein blödes Klischee? Und vielleicht ist der Kleine ja gar nicht hochbegabt, sondern einfach nur gestört.«

So grausam diese Überlegungen waren, so gerne hätte

ich ihnen Glauben geschenkt. Denn sie boten eine halbwegs logische Erklärung für all das. Aber ich war nicht überzeugt.

Johanna setzte sich neben mich und legte einen Arm um meine Schultern. »Oder gibt es jemanden, der euch eins auswischen will?«

»Daran habe ich auch schon gedacht«, murmelte ich. »Aber ich wüsste nicht, wer. Ich habe keine offenen Rechnungen mit wem auch immer.«

»Vielleicht hast du nur nicht die geringste Ahnung«, grinste sie, »wie viele gebrochene Herzen und Tränen euren Weg pflastern.«

Ich lächelte schwach. Johannas Aufmunterungsversuche halfen nicht viel.

Sie zog mich auf ihren Schoß und küsste mich. »Hey, versuch, die ganze Sache zu vergessen. Wer auch immer dahintersteckt, hilf ihm nicht, sein Ziel zu erreichen. Das Leben ist viel zu schön, um es mit düsteren Gedanken zu verderben. Und du bist auch viel zu schön!« Sie küsste mich leidenschaftlicher.

Ich liebte sie. Ihre markante Schönheit, ihren eisernen Willen, ihren schier unerschöpflichen Humor. Sie übte eine Anziehungskraft aus, der ich mich nicht entziehen konnte. Ein Kuss, eine Berührung und ich gab mich hin.

Ich weiß nicht, wie lange wir uns in dieser Nacht geliebt haben. Johanna lag neben mir und atmete ruhig im Schlaf. Sie hatte die Arme über ihren Kopf gelegt, ihre linke Brust war entblößt. Ich konnte die Leidenschaft noch auf meinen Lippen schmecken. Es schmeckte nach ihr.

Als wir das erste Mal miteinander geschlafen hatten, war es wie eine Offenbarung. Sexuell unbefriedigt hatte ich mich auch in meinen vorherigen Beziehungen nie gefühlt. Aber mit Johanna schien alles andere von einem Moment auf den nächsten zu verblassen. Sie war in mir, über mir, um mich herum und ich spürte sie mit jeder Faser meines Körpers. Ihr Schweiß schmeckte süß und ihre Berührungen waren so unglaublich schön, dass es fast wehtat. Manchmal verspürte ich sogar Sehnsucht nach ihr, wenn sie direkt neben mir lag.

Während ich meine schlafende Freundin betrachtete, kam mir in den Sinn, welch ein Zufall es gewesen war, dass wir uns kennengelernt hatten. Eigentlich sollte der Artikel, für den ich Johanna interviewt hatte, von einer Journalistin mit guten Kontakten zur Lesben-Community geschrieben werden. Weil sie krank geworden war, war ich eingesprungen. Voilà, die glücklichen Fügungen im Leben. Oder auch die weniger glücklichen, wenn ich an Christine und ihre Berlinpläne dachte. Wie die unerwartete Schwangerschaft ihr Vorhaben durchkreuzt hatte. Zufall? Schicksal?

Plötzlich wurde mir heiß und kalt. Paris! Wie konnte ich das vergessen! Auch dorthin hätte mich der Zufall beinahe geschickt. Im Grundstudium war ich eng mit einem schwulen Kommilitonen befreundet gewesen: André. Wir waren beide aus einer niedersächsischen Kleinstadt nach Hamburg gezogen und hatten den gleichen Humor. Er konnte herrlich lästern und schleppte mich auf so manche schrille Party. Nach dem vierten Semester zog es ihn nach Paris – von wo er nicht mehr zurückkehrte. Ich hatte die Postkarte wieder vor Augen, die wochenlang auf meinem Schreibtisch gelegen hatte. Vorne der obligatorische Eiffelturm, hinten nur drei Sätze:

Ma chérie,

was auch immer du gerade tust, lass es stehen und liegen und komm nach Paris! Die cité de l'amour ist ein Traum, der geträumt werden muss. Vergiss Hamburg und komm mich besuchen.

Kuss, André

Gegrinst hatte ich. Typisch André. Der abgedrehte Überflieger, der sein Stipendium für ein paar auf Französisch gehauchte Liebesschwüre hinschmiss. So dachte ich damals. Besuchen wollte ich ihn trotzdem auf jeden Fall. Aber erst kamen die Zwischenprüfungen, dann der Ferienjob und irgendwann war die Karte in den Untiefen meines Schreibtisches verschwunden. So war das eben. Die Studienjahre waren intensiv, die Freundschaften flüchtig.

Johanna atmete weiterhin ruhig im Schlaf. Sie würde mich für verrückt erklären, wenn ich jetzt mit dieser Paris-Geschichte ankam. Meine Güte, jeder wollte doch mal nach Paris! Das war nichts Ungewöhnliches. Und doch hatte ich wieder dieses flaue Gefühl im Magen. Sollte ich ihr davon erzählen? Ich entschied mich dagegen, kuschelte mich an sie und schlief irgendwann ein.

In den nächsten Tagen mieden wir das Thema. Fast könnte man sagen, die Dinge nahmen wieder ihren normalen Lauf. Ich hatte ziemlich viele Aufträge und Johanna bereitete eine wichtige Präsentation ihrer Firma vor. Sie bewarben sich um den Bau eines Großprojekts und mussten – wie das in der Branche üblich war – ordentlich in Vorleistung gehen. Das bedeutete, dass sie morgens um sieben Uhr ging und irgendwann nachts wieder heimkam. Da blieb keine Zeit für Unerklärliches. Ich war fast froh darüber.

Dann kam der Dienstag. Ein ganz normaler Dienstag, an dem ich ein paar Telefonate führen, einige Zeilen tippen und zu einer Veranstaltung fahren wollte. Da Johanna heute ausnahmsweise erst gegen Mittag ins Büro musste, holte ich Brötchen. Auf dem Rückweg nahm ich die Post aus dem Briefkasten mit. Während ich die Treppen in den dritten Stock hinaufstieg, ging ich sie flüchtig durch. Und wäre fast getaumelt. Denn mittendrin steckte eine weiße Versandtasche mit meinem Namen und unserer Adresse in einer Handschrift, die ich sofort erkannte: Es war die von Christine. Ich atmete tief durch und versuchte mich zu beruhigen. Da war nichts Auffälliges: keine Pariser Anschrift, kein Berliner Absender, alles okay. Trotzdem hatte ich immer noch Herzklopfen, als ich die Wohnung betrat.

Johanna sah es mir sofort an. »Was ist los?« Als sie den Umschlag in meiner Hand sah, reagierte sie unerwartet heftig: »Schmeiß ihn weg! Lass dich nicht länger verarschen.«

»Das kann ich nicht«, erwiderte ich nach kurzem Zögern. »Außerdem scheint diesmal alles ganz normal zu sein. Christine will sich bestimmt nur entschuldigen.« Es klang alles so vernünftig.

Johanna stand auf und nahm mein Gesicht zwischen ihre Hände. »Marie, wenn in diesem Umschlag wieder so ein Mist ist, dann weiß ich nicht weiter. Es macht mich unglaublich wütend. Und hilflos.« Die ganze Sache musste sie stärker beschäftigt haben, als ich gedacht hatte. Als ich nichts erwiderte, drehte sie sich um und murmelte: »Ich geh ins Büro. Bis später.«

Ich blieb allein zurück. Mit einer Brötchentüte, einem weißen Umschlag und meiner Angst. Ich überlegte, ob ich erst frühstücken und ihn danach öffnen sollte. Blödsinn, ich konnte jetzt sowieso nichts essen. Also nahm ich eine Schere und öffnete die Versandtasche vorsichtig. Darin befanden sich ein einfacher weißer Zettel und ein weiterer Brief. Ich las zunächst die paar Zeilen auf dem Zettel – es war Christines Schrift:

Hallo Marie,

gestern ist ein Brief gekommen. Ich weiß nicht, ob er von Dir ist oder von irgendeinem Irren, aber ich weiß eines ganz sicher: Wir wollen damit nichts zu tun haben! Tim war außer sich, als ich ihm von Deinem Besuch erzählt habe. Irgendetwas oder irgendjemand ist hier extrem krank. Lass uns in Ruhe ... bitte!

Christine

Mir wurde schwindelig und ich setzte mich. Wie Blei lag der geöffnete Brief, der sich in dem Umschlag befunden hatte, in meiner Hand. Ein flüchtiger Blick hatte ausgereicht, um mich zu vergewissern: Diesmal war Christines Name auf der Vorderseite – mit der Berliner Adresse, die ich nun ja schon kannte. Auch der Absender war mir nicht neu: 15 Rue Visconti, 75 006 Paris, France. So stand es auf der Rückseite. Aber das Schlimmste war: in meiner Handschrift! Ich hatte den Brief geschrieben, zumindest war es mein Schriftbild: die 5, die immer aussah wie eine 9, das verschnörkelte R, das winzige e. Ich zog einen weißen Bogen aus dem Umschlag und las:

Liebe Christine,

wie schön, von Dir zu hören! Natürlich erinnere ich mich an unser altes Versteck, den Wald und die Rehe, die wir manchmal beobachtet haben. Mensch, war das eine schöne Zeit damals! Ich denke gern daran zurück und habe es auch häufig getan in den vergangenen Monaten.
Die waren nicht einfach, wie Du Dir vorstellen kannst. Die heftigen Kopfschmerzen, der plötzliche Zusammenbruch, die Hirn-OP. Ich kann mich an all das gar nicht mehr genau erinnern, Victor hat mir später alles erzählt. Ein Aneurysma ist wie eine tickende Zeitbombe. Man ahnt nichts Böses, geht seinen alltäglichen Dingen nach und wumm! Von einem Moment auf den anderen ändert sich alles.
So gesehen hatte ich ein unglaubliches Glück.

Meine Kollegin in der Galerie hat sofort den Notarzt gerufen und die Chirurgen in der Klinik haben ein wahres Wunder vollbracht. Stell Dir vor, ich habe keine bleibenden neurologischen Schäden. Ich bin zwar häufiger müde und es fällt mir schwer, mich zu konzentrieren, aber wenn man bedenkt, was alles hätte passieren können, bin ich ein Glückspilz. Und genau so sehe ich das Leben jetzt. Es ist ein Geschenk. Victor und ich wollen bald heiraten, ich möchte unbedingt ein Kind. Ich bin so stolz auf Deinen schlauen kleinen Paul! Und an Amelie kann ich mich auch noch gut erinnern. Wahnsinn, sie läuft jetzt schon? Ich komme Dich besuchen, sobald ich kann. Nächsten Monat steht noch eine wichtige Nachuntersuchung an. Danach seid ihr natürlich auch jederzeit willkommen in diesem Traum von einer Stadt.

Ich umarme Dich und schicke Tim viele Grüße
Deine Marie

PS: Das Foto zeigt Victor und mich bei unserer letzten Vernissage. Ich bin ja so glücklich!

Ich fischte ein Foto aus dem Umschlag, das ich vorher nicht beachtet hatte. Es zeigte mich im Cocktailkleid vor einem Gemälde. Meine Haare waren kurz und schwarz. Neben mir stand ein lächelnder großer Mann mit dunkelbraunen Locken.

Ich rannte ins Bad und übergab mich.

KAPITEL 4

Tief durchatmen. Wenn mich etwas überforderte, wurde ich erst wütend, dann ängstlich und schließlich müde. Antriebslos müde. So fühlte ich mich jetzt. Nachdem ich mich übergeben hatte, hatte ich mir den Mund ausgespült, das Gesicht gewaschen, das T-Shirt gewechselt und jetzt saß ich hier vorm Fenster und starrte in den trüben Himmel über Hamburg.

Es kostete mich einige Überwindung, aber dann zwang ich mich aufzustehen. Ich streifte meine Regenjacke über, nahm den Schlüssel und verließ die Wohnung. Mein Handy und alles andere ließ ich da – an Arbeit war jetzt sowieso nicht zu denken. Ich lief durch die Straßen der Hafencity, wo wir durch Zufall unsere Wohnung gefunden hatten. Der Wind blies mir kühle Regentropfen ins Gesicht und ich streckte dankbar den Kopf nach oben. Ich liebte diese Stadt, die Elbe, die klimatischen Wechselbäder. Sie erfrischten den Geist und die Sinne.

Langsam konnte ich wieder klar denken. Mal angenommen, Johanna hatte recht und es gab tatsächlich jemanden, der Christine und mir das Leben schwer machen wollte. Dann hatte er oder sie es hiermit erreicht. Christine war todunglücklich und hielt mich für gestört, und ich war nicht mehr ich selbst. Im wahrsten Sinne des Wortes. Für die Theorie eines Rachefeldzugs sprach die Behauptung, dass ich an einer ominösen Krankheit litt, angeblich einem Aneurysma. Was konnte einen verrückter machen als der Verdacht, eine tickende Zeitbombe im Kopf zu haben? Mindestens genauso pervers waren die Anspielungen auf eine kleine Tochter, die nie das Licht der Welt erblickt hatte.

Aber war das Ganze wirklich so unerklärlich? Persönliche Informationen konnte man sich besorgen. Oder durch Zufall aufschnappen. Der Wald, unser Versteck, Amelie ... was, wenn uns dieser Jemand akribisch ausspioniert hatte? Ein Foto konnte man fälschen. Und zwar hoch professionell. Das sollte ich als Journalistin eigentlich am besten wissen. Die Adresse, der Poststempel? Vielleicht auch alles nur ein großes Theater, wie Johanna es vermutete. Blieb das Rätsel mit der Handschrift. Aber sicherlich gab es auch hier eine plausible Erklärung. Schriftproben waren leicht zu besorgen und mit ein bisschen Talent, wer weiß, konnte man sie vielleicht präzise imitieren.

Aber wer sollte etwas gegen Christine und mich haben? Wen hatten wir so stark verletzt, dass er oder sie solche Mühe auf sich nahm?

Die Antwort musste in unserer Jugendzeit liegen. Denn danach hatten Christine und ich praktisch keinen Kontakt mehr miteinander gehabt. Und es war eindeutig, dass der Brief-Terror uns beide treffen sollte. Ich stand am Ufer der Elbe und schaute den Fähren zu, wie sie durch den Hafen schipperten. »Schiffe versenken« hatten Christine und ich früher in Mathe oft gespielt.

Was natürlich nicht gerade zu glänzenden Noten geführt hatte. Uns war das jedoch relativ egal, weil wir dafür in den meisten anderen Fächern gut waren. Eine Vier dazwischen war eher ein Statement als ein wirklicher Makel. Solange keine Fünf daraus wurde. Was mir in einem Schuljahr – es musste die elfte Klasse gewesen sein – beinahe tatsächlich passiert wäre.

Und in dem Zusammenhang fiel mir etwas ein: Es hatte einen Jungen in unserer Klasse gegeben, Martin. Still, unscheinbar, nicht gerade übermäßig begabt. Ein Langweiler, dem man keine besondere Beachtung schenkte. Zumindest nicht mit sechzehn oder siebzehn, wenn man die BRAVO liest und für die Jungs auf den Band-Postern schwärmt. Jedenfalls war Martin unsterblich in mich verliebt. Mir wäre es gar nicht aufgefallen, aber Christine fand es heraus. Sie machte sich einen Spaß daraus, in Martin Hoffnungen zu wecken. Mit vielsagendem Augenzwinkern in seine Richtung und zweideutigen Anmerkungen wie: »Mensch, Martin, das Shirt findet Marie bestimmt super!« Albern und pubertär, aber harmlos. Ich fand es unterhaltsam, mehr nicht.

Martin war noch schlechter in Mathe als ich, bei ihm stand allerdings deutlich mehr auf dem Spiel. Seine Versetzung war gefährdet, weil er auch in anderen Fächern Probleme hatte. Er konnte sich eine Fünf definitiv nicht leisten. Deshalb schrieb er fleißig Spickzettel und schien auf die seltsame Idee verfallen zu sein, mich damit zu beeindrucken. Während der Matheklausuren setzte er sich neben mich und reichte mir irgendwann unauffällig den Zettel herüber. Ich nahm das Angebot natürlich dankbar an, denn ich merkte, dass es tatsächlich etwas brachte. Martins Spickzettel glichen einem Kunstwerk mit komprimierten Formeln, Zahlen und Ableitungen auf zehn mal zehn Zentimetern.

Dann kam die letzte und alles entscheidende Klausur des Schuljahres. Zumindest für Martin. Als unser Lehrer vorn am Pult scheinbar teilnahmslos Löcher in die Luft starrte, reichte er mir den Zettel herüber. Unglücklicherweise rutschte er mir aus der Hand und fiel zu Boden. Ausgerechnet in dem Moment, als unser Lehrer aus seiner Erstarrung erwachte. Er sah sofort, was los war, kam schnellen Schrittes in die letzte Reihe und baute sich vor uns auf. »Was ist denn das da?« Während er auf den Zettel am Boden zeigte und uns streng musterte, kauerte Martin sich rot vor Scham auf seinem Stuhl zusammen. Ein paar Mitschüler hatten bereits neugierig die Köpfe gedreht, um das Schauspiel zu verfolgen. Auch Christine, die am Tisch vor mir saß.

Betont langsam hob unser Lehrer den Zettel auf und faltete ihn auseinander. »So, so«, sagte er bloß. »Da hat ja jemand ganze Arbeit geleistet. Na, wer bekommt die Sechs? Oder etwa beide?« Sein Blick wanderte von Martin zu mir und wieder zurück. Er schien seinen Auftritt regelrecht zu genießen.

Ich wollte gerade den Mund aufmachen und – ich schwöre es – ehrlich antworten, als mir Christine zuvorkam: »Der ist von Martin.«

»Ach, und woher weißt du das, Christine?« Mit gespieltem Erstaunen drehte er sich zu ihr um.

»Weil er was von Marie will. Er drängt ihr ständig irgendwas auf.«

Ein paar kicherten.

»Stimmt das, Martin?«

Martin starrte auf die Tischplatte und presste die Lippen zusammen.

»Stimmt das, Marie?«

Oje. Ich warf Christine einen hilflosen Blick zu. Ihr Gesichtsausdruck war eindeutig: Nun mach schon! Du bist nicht die heilige Mutter Teresa.

Ich zögerte. Und nickte schließlich.

Martin bekam die Sechs und blieb sitzen. Aber nicht nur das. Er wechselte zudem auf eine andere Schule. Ein Internat, munkelte man. Seine Eltern, ehrgeizig und erfolgreich, wollten wohl nicht länger mit ansehen, wie ihr Sprössling versagte.

Ich schämte mich. Aber das spielte nun auch keine Rolle mehr.

»Du hast ihn ja nicht darum gebeten«, sagte Christine. »Blöd gelaufen, aber die Sechs hätte er so oder so kassiert.«

Im Prinzip hatte sie recht. Und mit sechzehn oder siebzehn hatte man sowieso andere Sorgen. Also war die Sache schnell vergessen. Von Martin hatte ich seitdem nie wieder etwas gehört.

Konnte das sein? Steckte er dahinter? Ich beobachtete die Wellen, die, einem undurchschaubaren Rhythmus folgend, an die Kaimauer schwappten. Eine Möwe hatte sich neben mir niedergelassen und beäugte mich neugierig. Konnte eine Sache, die so lange her war, so viel Hass hervorrufen? Denn Hass musste im Spiel sein, wenn jemand mit derartig perfider Akribie vorging. Was Martin heute wohl machte? Vielleicht hatten wir ihm ja damals sein Leben zerstört. Vielleicht hatte er es auch im

Internat nicht gepackt, wurde gemobbt, fing an, Drogen zu nehmen. Hatte man ja alles schon gehört.

Ich stellte mir vor, wie Martin, der heutige Martin – älter, aber immer noch still und unscheinbar – in einem dunklen Hobbykeller saß und verbittert Briefe schrieb, zerknüllte und wieder schrieb. So lange, bis er unsere Schrift perfekt imitieren konnte. Wo auch immer er die herhatte. Vielleicht aus einem der alten Schulhefte, die meine Eltern vor ein paar Jahren ins Altpapier geworfen hatten. Mir war klar, wie unwahrscheinlich das alles war. Wie in einer 08/15-Krimiserie, in der ein Schwerverbrecher seinen Opfern nachstellt. Und doch war es die einzige halbwegs plausible Erklärung.

Als ich nach Hause zurückkam, saß Johanna in der Küche. Sie musste früher aus dem Büro gekommen sein. Sie hielt den geöffneten Brief und das Foto in der Hand, die ich beide unbedacht auf dem Tisch liegen gelassen hatte. Ihre Augen waren verquollen.

Ich ging auf sie zu und nahm sie in den Arm. »Tut mir leid«, sagte ich.

»Warum liegt das hier?«

»Ich habe nicht damit gerechnet, dass du schon so früh zurückkommst.«

»Sonst hättest du mir nichts davon erzählt oder wie?«

»Unsinn. Ich wollte dich nur einfach aus der Sache heraushalten. Du warst heute Morgen so, so …«

»Was hat das zu bedeuten?«

»Ich weiß es nicht.« Ich seufzte. »Glaub mir, ich habe nicht den blassesten Schimmer. Und dieses Foto … Es ergibt nicht den geringsten Sinn.«

»Und mich macht es langsam verrückt. Ich verstehe das einfach nicht.« Johanna zuckte hilflos mit den Schultern. »Wieso tut jemand so etwas?«

Ich beschloss, ihr die Sache mit Martin zu erzählen.

Johanna hörte aufmerksam zu und beruhigte sich langsam. Das klang durchaus nach einer rationalen Erklärung. Unwahrscheinlich, aber nicht unmöglich. Schließlich fragte sie: »Kannst du dich noch an seinen vollständigen Namen erinnern?«

»Ja, wart mal, er hatte so einen lustigen Nachnamen: von der Hude, glaube ich. Martin von der Hude.«

»Dann finden wir ihn bestimmt. Und wir sollten bei der Post nachforschen, woher die Briefe kommen.«

»Wahrscheinlich die beste Idee. Falls sie uns die Auskunft geben dürfen.« Ich zögerte einen Moment. »Und das Foto? Ganz sicher eine Fälschung. Aber wie kriegt man das raus?«

Johanna schaute nachdenklich aus dem Fenster. »Vielleicht kann uns meine Kollegin weiterhelfen. Sie kennt sich ganz gut mit Retuschen und Fotomontagen aus.«

Das hörte sich ziemlich zuversichtlich an. Für einen kurzen Moment schien wieder alles in Ordnung zu sein.

KAPITEL 5

Die Nachforschungen bei der Post ergaben nichts. Nach anfänglichem Zögern und skeptischen Blicken hatte uns eine Mitarbeiterin am Schalter netterweise geholfen. Die Briefe konnten nicht nur nicht rückverfolgt werden, sie waren auch nirgendwo registriert. Auch unser Briefträger konnte sich nicht daran erinnern, sie je in der Hand gehabt zu haben. Nun, das war zu erwarten gewesen. Ich hatte ihn extra an einem Morgen vor unserer Haustür abgefangen, um ihn danach zu fragen. Das verstärkte unseren Verdacht, dass jemand die Poststempel gefälscht und die Briefe persönlich eingeworfen haben musste. Oder jemandem den Auftrag gegeben hatte, sie einzuwerfen. Die Sache mit dem Foto war allerdings noch viel verzwickter.

An einem vereinbarten Abend besuchte ich Johanna im Büro. Obwohl es schon spät war, brannte an vielen Tischen noch Licht. Fast hatte ich ein schlechtes Gewissen, bei all der Arbeit auch noch mit meinem seltsamen Anliegen aufzukreuzen. Aber abgesehen von einem kurzen Hallo wurde mir kaum Aufmerksamkeit geschenkt. Die meisten der noch Anwesenden standen um Baupläne herum, über die sie eifrig diskutierten. Johanna kam lächelnd auf mich zu und gab mir einen Kuss zur

Begrüßung. »Hallo, Schatz. Komm mit, wir gehen in mein Büro!« Sie sah müde aus.

Das Büro teilte sie sich mit ihrer Kollegin Kerstin, besagter Expertin für Fotofälschungen. »Kerstin kümmert sich hier um die grafischen Härtefälle. Sie erkennt auf hundert Meter, ob irgendwo reinretuschiert wurde«, sagte Johanna nach einer kurzen Begrüßung.

»Ach was«, erwiderte Kerstin zwinkernd. »Ich photoshoppe nur einfach selber sehr gerne.«

»Damit die Kunden nicht merken, wie einsturzgefährdet unsere Entwürfe in Wirklichkeit sind«, fügte Johanna grinsend hinzu.

Wir lachten.

Als ich das Foto aus der Tasche zog, änderte sich die Stimmung allerdings schlagartig. Johanna bekam wieder diesen starren Gesichtsausdruck. Und Kerstin konnte nur schwer ihr Erstaunen verbergen. Das Foto sah einfach täuschend echt aus.

Sie nahm es in die Hand und musterte es mit zusammengezogenen Augenbrauen. »Eine Digitalversion gibt es wahrscheinlich nicht dazu, oder?«, fragte sie.

Ich schüttelte den Kopf.

»Hmm.« Sie kramte eine Weile in den Tiefen ihrer Schubladen und förderte schließlich eine Leselupe zutage. In einer anderen Situation hätten wir uns darüber lustig gemacht, aber jetzt war keinem zum Lachen zumute.

Während sie das Foto sorgfältig unter die Lupe nahm, schwiegen wir. Schließlich seufzte sie und sagte: »Also, auf diese Weise kann ich nichts erkennen. Die Proportionen scheinen zu stimmen, an den Schatten und Gegenständen ist nichts Ungewöhnliches und eine Schnittkante ist auch nicht auszumachen. Wenn es sich um eine Montage handelt, dann war hier ein Profi am Werk.« Als Kerstin unsere Gesichter sah, verbesserte sie sich schnell: »Hier war eindeutig ein Profi am Werk.«

»Meinst du, es würde etwas bringen, wenn man sich das Foto noch mal unter einer Lupe anschaut, die noch stärker vergrößert?«, fragte Johanna.

»Vielleicht. Digital wäre es natürlich viel einfacher. Da könnte man das Bild Pixel für Pixel nach Fehlern absuchen. Oder feststellen, ob ein starker Weichzeichner verwendet wurde. Aber so erkenne ich leider nichts.« Entschuldigend schaute Kerstin uns an.

»Danke, Kerstin«, sagte ich schließlich.

Ich wollte gerade das Foto zurück in die Tasche stecken, als sie sagte: »Warte mal kurz ... Hier steht was.« Sie beugte sich noch einmal über das Foto und zeigte mit der Fingerspitze auf ein kleines Detail. »Ich glaube, das ist ein Name. Auf dem Bilderrahmen. Guck mal!« Sie hielt mir die Lupe hin.

Und tatsächlich: Im Hintergrund hing ein Bild, das mit einem Namensschild gekennzeichnet war. L-A-U-R-E-N-T B-A-P-T-I-S-T-E entzifferte ich mühsam. »Laurent Baptiste, noch nie gehört.«

»Ich such mal im Internet«, sagte Kerstin eifrig. Nach ein paar Sekunden drehte sie mit einem triumphierenden »Ha!« den Bildschirm in unsere Richtung. Die Homepage eines Künstlers war zu sehen. Mit einer Präsentation seiner wichtigsten Werke. Aber auch – und das war das eigentlich Spannende – einer Liste der Galerien, in denen er aktuell ausstellte oder ausgestellt hatte. Galerien in Paris. Ausschließlich in Paris. Mir wurde schummerig. »Jetzt könnt ihr genauer recherchieren!« Kerstin grinste zufrieden.

Auch Johanna schien der Name der Stadt ins Auge zu stechen, denn sie reagierte genauso wenig euphorisch wie ich. Paris. Das passte zu der Adresse auf dem Brief. Oder war es nur ein weiteres ausgeklügeltes Detail in einem perfiden Plan?

»Was ist denn los?«, fragte Kerstin erstaunt, als sie unsere ernsten Gesichter sah. »Ist das keine gute Spur?«

»Doch, wahrscheinlich schon«, sagte Johanna schließlich lahm. »Marie und ich sind nur gerade etwas überfordert. Aber tausend Dank! Hast uns sehr geholfen.«

Ja, vielleicht war es tatsächlich eine gute Spur. Aber momentan für meinen Geschmack ein Tick zu viel an Zufällen. Ich versuchte dennoch zu lächeln und gab Kerstin die Hand.

Wir beschlossen, die Spur nicht weiterzuverfolgen, denn am nächsten Tag entdeckten wir eine bessere: Kaum eine halbe Stunde hatte es gedauert, um meinen alten Mitschüler Martin ausfindig zu machen. Was wohl vor allem an seinem ungewöhnlichen Nachnamen lag. Es gab nur zwei Einträge zu »von der Hude« im Online-Telefonbuch – und einer davon war eindeutig der von Martin. Das ergab ein Anruf, den Johanna ohne Umschweife tätigte. Sie erzählte etwas von einem Klassentreffen der Ehemaligen des Johann-Wolfgang-von-Goethe-Gymnasiums.

Die Botschaft von der anderen Seite war eindeutig.

»Meine alte Schule interessiert mich nicht. Lasst mich mit dem Quatsch in Ruhe.« Aufgelegt.

Laut Adresseintrag wohnte Martin jetzt in Frankfurt. Es brauchte nur wenige Klicks, um herauszufinden, wo er arbeitete: für eine renommierte Unternehmensberatung. Wer hätte das gedacht. Karrieremäßig schien er also doch noch die Kurve gekriegt zu haben. Papi war sicher stolz auf ihn. Und sogar über sein Privatleben ließ sich einiges recherchieren: Martin war seit ein paar Jahren verheiratet – mit einer Patentanwältin, die in Frankfurt für eine große Kanzlei arbeitete. Sogar ein Foto der beiden konnten wir aufstöbern. Eher untypische Gegebenheiten, um einen akribischen Rachefeldzug zu planen.

»Die bürgerliche Fassade«, meinte Johanna dazu. »Je angepasster, desto leichter lassen sich im Keller die Leichen stapeln.«

»Was meinst du«, fragte ich sie schließlich, »soll ich Martin anrufen und ihn direkt darauf ansprechen?«

»Dann wird er dich wahrscheinlich für verrückt erklären. Oder einfach auflegen. Er wäre sicherlich nicht so blöd, es geradewegs zuzugeben.«

Wir grübelten einen Moment, bis Johanna schließlich sagte: »Es hilft nichts, du musst ihn persönlich damit konfrontieren.«

»Du meinst, ihn in Frankfurt besuchen?«

»Ja. Und zwar ohne Vorankündigung.«

»Stimmt, wenn ich ihn um ein Treffen bitte, würde er wahrscheinlich abblocken.«

»Oder sich in aller Ruhe ein Alibi überlegen. Aber wenn du auf einmal vor ihm stehst, wird er seine Gefühle wohl kaum überspielen können. Überraschungseffekt.«

»Und was ist, wenn er durchdreht? Ich meine, wenn er es wirklich war und sich solche kranken Geschichten ausdenkt … wer weiß.«

»Das ist leider nicht auszuschließen. Wenn er solche Mühen auf sich nimmt, um einen Vorfall zu rächen, der fast zwanzig Jahre her ist …« Johanna schaute mich besorgt an. »Vielleicht sollte ich mitkommen.«

»Auf keinen Fall«, widersprach ich sofort. »Erstens hast du gerade superviel Arbeit und zweitens möchte ich nicht, dass du noch tiefer in die Geschichte reingezogen wirst.«

»Ich stecke ja sowieso schon mittendrin.«

»Trotzdem, das möchte ich nicht … Weißt du was, ich versuche ihn einfach an einem öffentlichen Ort abzufangen. Vor dem Unternehmensgebäude oder so. Was soll er da schon groß machen?«

»Hmm.«

»Und ich rufe dich natürlich sofort an, wenn irgendetwas ungewöhnlich ist.«

»Na, gut«, stimmte Johanna schließlich zögernd zu. »Du solltest nur sichergehen, dass er wirklich dort arbeitet. Und dass er nicht gerade im Urlaub oder auf Geschäftsreise ist. Sonst fährst du am Ende noch umsonst nach Frankfurt.«

Um dies auszuschließen, rief ich am nächsten Tag unter falschem Namen bei der Unternehmensberatung an und fragte nach Martin von der Hude. Mein alter Mitschüler arbeitete tatsächlich dort und war sogar im Haus. Kurz bevor ich durchgestellt wurde, legte ich auf. Mein

Herz schlug bis zum Hals. Das war zwar immer noch keine Garantie, dass er auch an dem Tag da wäre, an dem ich ihn dort abfangen wollte, aber das Risiko musste ich eingehen. Ich konnte ihn ja immer noch zu Hause aufsuchen, wenn ich nach zwei, drei Tagen keinen Erfolg hatte. Von diesem Gedanken erzählte ich Johanna allerdings nichts. Sie war jetzt schon nicht glücklich über das Vorhaben.

Ich fasste die nächste Woche für den Trip nach Frankfurt ins Auge. Bis dahin konnte ich zumindest noch ein paar Aufträge erledigen und wollte möglichst viele Artikel schreiben. Geld verdienen musste man ja auch noch. Doch trotz der Arbeit zogen sich die Tage wie Kaugummi.

KAPITEL 6

Vor mir erstreckte sich die Eingangspforte eines protzigen Geschäftsgebäudes. »Pforte« war wohl nicht der richtige Ausdruck. Wie eine unsichtbare Barriere stand der schicke, verglaste Eingangsbereich zwischen mir und einem geschäftigen Kosmos aus Smartphones, Aktenköfferchen und Nadelstreifen. »IQ Consult« hatte seine Räumlichkeiten im obersten Stockwerk. Die Unternehmensberatung galt als der aufstrebende Stern der Branche, hatte ich mich vorher schlaugemacht. »Aufstrebend« und »Stern« waren zwei Begriffe, die ich mit Martin vor zwanzig Jahren nicht in Verbindung gebracht hätte. Wie er jetzt wohl drauf war? Arrogant war wahrscheinlich noch untertrieben.

Ich war um sechs Uhr morgens losgefahren, um sicherzugehen, dass ich Martin zu Beginn seiner Mittagspause abfangen würde. Falls ich ihn überhaupt zu Gesicht bekam. Ich wünschte mir den Zufall auf meiner Seite. Und den bekam ich. Sogar noch am selben Tag.

Ich setzte mich vor dem Gebäude in den Schatten einer Kastanie und tippte möglichst unauffällig auf meinem Handy herum. Dabei behielt ich den Eingang gut im Auge. Alles Mögliche schoss mir durch den Kopf.

Was wäre, wenn ich ihn nicht erkannte? Klar, ich hatte alle Fotos vor Augen, die sich im Netz finden ließen, aber die hatten ja mit der Realität selten viel gemeinsam. Vielleicht hatte er zugenommen? Oder mittlerweile eine Glatze?

In diesem Moment öffnete sich die Glastür und alle Zweifel waren jäh verflogen. Martin war groß, schlank und strahlte schon von weitem die Aura des Erfolgs aus. Im Gegensatz zu den meisten anderen, die aus dem Gebäude strömten, trug er keinen Anzug, sondern ein Polohemd und Segelschuhe. Das war nicht mehr das picklige, schüchterne Mobbingopfer, sondern einer dieser aalglatten Businesstypen, die einem auf Anhieb unsympathisch sind.

Mit klopfendem Herzen erhob ich mich von der Bank und nestelte nervös an meiner Tasche herum. Was in der Theorie so einfach erschienen war, war in der Praxis alles andere als das. Ich wirkte wohl in etwa so unbefangen wie ein Schwarzfahrer, neben dem aus heiterem Himmel »Die Fahrkarten, bitte!« gerufen wurde.

Martin kam geradewegs in meine Richtung, mir blieb also nicht viel Zeit, um meinen Puls zu beruhigen. Er schaute auf sein Smartphone und schien mich nicht wahrzunehmen. Erst als ich direkt vor ihm stand, blickte er auf. Das war der entscheidende Augenblick. Dieser erste Moment würde ihn verraten, hatten Johanna und ich uns ausgemalt. Und es passierte … nichts. Martin erkannte mich nicht. Oder er musste über alle Maßen abgebrüht sein. »Ja, bitte?«, fragte er irritiert, als ich vor ihm Halt machte.

»Hi, wir kennen uns doch!«, rief ich mit gespieltem Erstaunen. »Bist du nicht Martin von früher aus der Schule?« Ich lächelte gequält.

Er taxierte mich. Dann verzog er langsam die Mundwinkel zu einem zynischen Grinsen. »Ah ja«, sagte er gedehnt, »da klingelt was. Wo hast du denn deinen Zwilling gelassen?«

Er musste Christine meinen. Wir hatten eine Zeit lang tatsächlich fast alles gemeinsam gemacht. »Ah, du meinst bestimmt Christine«, sagte ich – froh über den winzigen Aufhänger, der sich hier bot. »Sie wohnt immer noch in unserem Dorf und hat mittlerweile ein Kind. Stell dir vor!«

»Aha«, antwortete Martin mit hochgezogenen Augenbrauen und betont desinteressiert.

Kotzbrocken. Aber ich musste da durch. »Ich wohne mittlerweile in Hamburg und bin gerade zu Besuch hier. Was für ein Zufall, dich zu treffen! Hast du nicht Lust auf einen schnellen Kaffee? Wenn wir uns schon mal über den Weg laufen ...«

Ich hielt die Luft an. Er hätte jetzt sagen können: »Du, sorry, ich hab 'nen wichtigen Termin. Vielleicht ein andermal.« Oder: »Ehrlich gesagt, nö.« Stattdessen sagte er nach einem kurzen Zögern: »Ach, was soll's. Ich hab eh Mittagspause und noch ein bisschen Zeit, bevor ich mich mit einem Kollegen treffe. Komm, ich kenne ein nettes Café hier ganz in der Nähe.«

Ich folgte ihm – erleichtert und nervös zugleich. Er machte nicht den Eindruck, als ob er etwas zu verbergen hätte. Aber wer weiß? Ich war hier, um ihm auf den Zahn zu fühlen.

Auf dem Weg zum Café redete er vor allem über sich

selbst: sein Wirtschaftskommunikationsstudium, seinen Aufstieg zum Junior-Partner etc. pp. An meinem Leben zeigte er keinerlei Interesse. Die kurze Schilderung meiner Arbeit in Hamburg quittierte er mit einem »Nett«.

»Sag mal«, versuchte ich das Thema krampfhaft in die gewünschte Richtung zu lenken, als wir uns in dem Café niedergelassen hatten, »wie war das eigentlich damals, als du auf das Internat gewechselt bist?«

Martin lehnte sich zurück, verschränkte die Arme vor der Brust und musterte mich prüfend. Ich schwitzte. »Bist du deshalb hier, Marie, um mich über meine Vergangenheit auszuquetschen? Weißt du, es beleidigt meinen gesunden Menschenverstand, wenn du tatsächlich glaubst, dass ich dir diese zufällige Begegnung abkaufe.«

Ich schluckte.

Martin wartete meine Antwort gar nicht erst ab. Er legte die Arme auf die Tischplatte, beugte sich vor und schenkte mir ein spöttisches Lächeln. »Weißt du was, ich erzähle es dir. Ich denke, du hast es verdient.« Er trank seinen Espresso in einem Zug leer und fuhr fort: »Als ihr mich damals bloßgestellt habt und ich durch die Klausur gefallen bin, war mir klar: Das war's. Ich hatte keinen Bock mehr. Auf gar nichts. Also bin ich in den Schuppen meines Vaters gegangen, habe mir sein Jagdgewehr genommen, den Lauf in den Mund gesteckt und abgedrückt.«

Ich schaute ihn erschrocken an.

»Und was ist passiert? Nichts ist passiert.« Er lachte bitter. »Die Superflinte, die Präzisionswaffe, das Kronjuwel meines Vaters hatte versagt. Die Patrone steckte noch im Lauf. Das war eigentlich gar nicht möglich. Eigentlich hätte mein Hirn bis zur Wand spritzen müssen. Also, habe ich mir gedacht, wenn ich sozusagen tot bin, kann ich genauso gut machen, was ich will. Wenn ich tot bin, kann mir alles egal sein. Also ging ich zu meinen Eltern und beichtete die Sechs. Und dass ich wohl nicht versetzt werden würde, was meine Eltern bis dahin noch gar nicht ahnten. Meine Mutter weinte, mein Vater verprügelte mich und am nächsten Tag wurde ich im Internat angemeldet. Es war mir egal. Und das ist es heute noch. Ehrlich gesagt: Was Besseres hätte mir gar nicht passieren können. In dem Bewusstsein zu leben, eigentlich nicht mehr zu leben, hast du die uneingeschränkte Freiheit. Ich habe keine Angst, keine Zweifel, keine Skrupel. Also machte ich das Beste daraus.« Er lächelte zynisch.

Ich war sprachlos.

»Und jetzt du, Marie. Warum bist du hier? Und tu mir einen Gefallen: Sei einfach ehrlich.«

»Okay«, sagte ich langsam, schluckte schwer und legte die Fakten auf den Tisch. »Also, erst mal möchte ich dir sagen, dass uns das damals unendlich leidtat. Mit sechzehn nimmt man die Dinge noch nicht so ernst. Oder ist sich der Konsequenzen nicht bewusst.«

Martin schwieg und schaute mich unbewegt an.

»Na ja, das Ganze ist fast zwanzig Jahre her, ich hatte es eigentlich schon komplett vergessen. Bis ich vor ein paar Wochen einen Brief bekommen habe, den ich mir nicht erklären konnte und kann. Es folgte noch einer …« Ich zog die Briefe aus meiner Tasche und legte sie auf den

Tisch. »Sie sind beängstigend. Christine ist vollkommen aus dem Häuschen, weil dort die Rede von einer Tochter ist, die sie im dritten Schwangerschaftsmonat verloren hat. Und ich wohne weder in Paris, noch habe ich eine schlimme Krankheit. Die einzige Erklärung, die mir dazu in den Sinn kam, ist, dass sich jemand an uns rächen will. Jemand, der einen Grund dafür haben muss.«

»Und da hast du an mich gedacht«, erwiderte Martin und lachte genüsslich. Dann lehnte er sich vor und schaute mir in die Augen. »Nimm dich doch nicht so wichtig. Was auch immer in diesen Briefen steht, ich habe es sicher nicht verzapft. Wenn ich euch wirklich gehasst hätte, hätte ich euch damals die Kugel in den Kopf gejagt. Aber warum sollte ich? Besser als jetzt könnte es mir gar nicht gehen.«

Das klang nicht gelogen. Sondern erschreckend plausibel. Er nahm die Briefe in Augenschein. Das anfängliche Desinteresse wich einem neugierigen, beinahe entzückten Gesichtsausdruck. Er schaute sich die Briefe und das Foto ganz genau an. »Ich nehme an, du kennst diesen Typen nicht, oder?«

Ich nickte stumm.

»Faszinierend«, murmelte er schließlich. »Entweder ein akribisch geplanter, bis ins Detail perfekter Psychoterror oder ...« Er brach ab.

»Was oder?«, fragte ich ihn.

Martin legte die Briefe aus der Hand und schaute mich an. »Wie gesagt, eigentlich ist es mir egal. Aber wenn ich dir einen Tipp geben darf: Geh zum Arzt, lass dich untersuchen. Wenn du nichts hast, verbrenn die Briefe und vergiss es.«

»Natürlich habe ich nichts«, erwiderte ich heftig.

Martin schwieg kurz und schaute mich vielsagend an. Schließlich sagte er: »Dann ist ja alles in Ordnung.« Er stand auf. »Ich muss jetzt los. Wenn es dich irgendwie beruhigt: Ich bin Legastheniker, so wie viele Menschen mit einem IQ über dem Durchschnitt. Vielleicht erinnerst du dich noch daran, wie sehr unsere Deutschlehrerin mich auf dem Kieker hatte. Von mir sind die Briefe sicher nicht, ich komme kaum mit meiner eigenen Handschrift klar.« Bevor ich etwas erwidern konnte, legte er das Geld für den Kaffee auf den Tisch und gab mir die Hand. »Die Realität ist eine Frage der Wahrnehmung, nicht der Wahrheit. Tschüss, Marie.«

Ich schaute ihm sprachlos hinterher.

KAPITEL 7

Ich schloss die Tür auf. Wie Blei lag die Müdigkeit auf meinen Augenlidern. Noch am selben Abend war ich zurück nach Hamburg gefahren. Jetzt war es ein Uhr morgens. Die Nervosität der letzten Tage und das aufwühlende Treffen hatten eine tiefe, erschöpfende Leere in mir hinterlassen. Keine Antworten, keine Erkenntnisse, nur Fragen, auf die immer wieder neue Fragen folgten. Ich war es leid, ich wollte meine Ruhe.

In der Wohnung brannte noch Licht, Johanna saß in der Küche. Die andere Johanna, die ich erst in den letzten Wochen kennengelernt hatte: verschlossen, wortkarg, fast ein wenig hilflos. Vor ihr auf dem Küchentisch lag ein geöffneter Briefumschlag. Ich erkannte schon aus der Ferne die Handschrift.

»Entschuldige, ich konnte nicht warten«, sagte sie. Ihre Stimme klang heiser und resigniert. Ohne ein weiteres Wort drückte sie mir den Brief in die Hand.

Liebe Marie,

Mensch, das hört sich ja super an! Ich freue mich so für euch, dass Du so viel Glück hattest. By the way: Ich finde es toll, dass wir uns ganz old

fashioned Briefe schreiben. Das ist so schön persönlich. Lass uns das weiter so machen!
Toll, eure Heirats- und Kinderpläne! Ich habe keine Sekunde bereut, dass ich diesen Schritt gegangen bin. Obwohl einem die Kleinen schon manchmal den letzten Nerv rauben können. Paul war ja in dem Alter eher ruhig, aber Amelie ist so ein lebhaftes Kind, dass ich manchmal gar nicht hinterherkomme, alle Schubladen wieder einzuräumen. Selbst auf dem Foto hat sie herumgezappelt. Mach Dich da auf was gefasst!
Danke für die Einladung, wir kommen euch ganz sicher bald mal besuchen. Du weißt ja, bei Tim hängt das immer von den Schulferien ab, aber das kriegen wir schon hin.

Ich drücke Dich
Christine

Neben dem Briefumschlag lag ein Familienfoto: Es zeigte eine glückliche Christine mit ungezähmter Lockenmähne, einen etwas gealterten, aber zufriedenen Tim, den kleinen Paul, wie ich ihn in Erinnerung hatte, und ein zirka eineinhalbjähriges Mädchen, das seiner Mutter wie aus dem Gesicht geschnitten war: Amelie.

Ich schaute Johanna an. Fast entschuldigend sagte ich, was sie eigentlich längst wusste: »Ich kenne keinen Victor.«

»Er soll aus unserem Leben verschwinden«, erwiderte sie nach kurzem Schweigen, stand auf und ging aus der

Küche. Ich hatte ihr schon am Telefon erzählt, dass Martin als Urheber der Briefe nicht infrage kam. Und dass ich ihm das auch glaubte. Wir standen also beide wieder vor einem riesigen Fragezeichen.

Ich schaute mir noch einmal das Foto an. Es schockte mich nicht mehr so sehr wie beim ersten Mal, genauso wenig wie der Brief. Es war einfach ein weiteres Puzzleteil in einem Spiel, dessen Regeln ich nicht verstand. Trotzdem beschlich mich das seltsame Gefühl, dass ich dieser Christine auf dem Foto näherstand als der Christine, die ich vor ein paar Wochen besucht hatte. Sie erinnerte mich an die Christine von früher – älter zwar, aber mit dem gleichen offenen und fröhlichen Gesichtsausdruck wie damals. Sie wirkte glücklicher.

Mir war klar, dass meine alte Schulfreundin dieses Foto niemals in die Hände bekommen durfte. Es würde sie vollkommen aus der Bahn werfen. Allerdings hörte sich der Brief nicht so an, als wäre er der letzte. Wahrscheinlich war es bloß eine Frage der Zeit, bis wieder ein Brief von mir bei ihr eintraf. Und bestimmt würde ich darin auf das Foto Bezug nehmen. Mir blieb nichts anderes übrig, ich musste sie vorwarnen. Nur wie? Anrufen? Ausgeschlossen, sie wünschte ausdrücklich keinen Kontakt und würde wahrscheinlich sofort auflegen. Facebook? Sie hatte mich aus ihrer Kontaktliste gelöscht und ihre E-Mail-Adresse hatte ich nicht. SMS? Zu unpersönlich. Also entschied ich mich für einen Brief.

Liebe Christine,

ich weiß, dass Du keinen Kontakt mehr zu mir haben möchtest, und respektiere das selbstverständlich. Aber bitte lies weiter, denn ich muss Dich unbedingt vorwarnen: Ich habe heute wieder einen Brief von jemandem bekommen, der sich für Dich ausgegeben hat. Diesmal sogar mit Foto. Es ist nicht auszuschließen, dass dieser Jemand auch Dir wieder einen Brief schicken wird. Sollte das der Fall sein, schmeiß ihn am besten ungeöffnet weg.
Ich schwöre Dir, dass ich nichts damit zu tun und auch keinerlei Erklärung dafür habe. Hoffentlich hat das alles bald ein Ende.

Alles Gute
Marie

Ich steckte den Brief in meine Tasche, um ihn am nächsten Morgen einzuwerfen. Die Küchenuhr zeigte 2:36 Uhr an. Die Müdigkeit kroch in meine Glieder. Ich musste unbedingt wieder arbeiten gehen, die Redaktionen hatten schon ungeduldig angefragt. Das Leben ging weiter und das war gut so. Schließlich war das hier mein Leben und das liebte ich.

Es kehrte Ruhe ein. Ich musste viel arbeiten und war häufig unterwegs. Johanna schien immer später aus dem Büro zu kommen. Fast beschlich mich das Gefühl, dass ihr das sogar recht war. Wir redeten weniger als sonst miteinander. Natürlich ist man nach zehn bis zwölf Stunden Arbeit nicht gerade zum Smalltalk aufgelegt, aber irgendwie hatten wir uns einfach nicht mehr viel zu sagen. Dafür schliefen wir fast jede Nacht miteinander. Heftig und leidenschaftlich, als müssten wir etwas bekämpfen, das zwischen uns geraten war. Etwas, das man nicht in Worte fassen konnte. Aber je wilder ein Kuss, je intensiver ein Orgasmus, desto größer schien dieses unaussprechliche Etwas zwischen uns zu werden.

Irgendwann lagen wir nebeneinander und starrten an die Decke. Der Atem hatte sich beruhigt und die nächtliche Sommerbrise, die durch das geöffnete Fenster hereinwehte, kitzelte die kleinen Härchen auf der nackten Haut. Eigentlich hätte ich mich erschöpft, aber erfüllt und glücklich fühlen müssen. Stattdessen breitete sich ein Gefühl der Leere in mir aus, das schleichend meinen ganzen Körper erfasste.

»Weißt du«, sagte Johanna plötzlich mit leiser Stimme, »ich habe immer dieses Bild vor Augen, ich bekomme es nicht mehr aus dem Kopf. Ich sehe dich mit ihm, wie er dich liebt, wie er dich glücklich macht.« Sie redete offenbar von Victor. »Ich war nie ein besonders eifersüchtiger Mensch und ich weiß auch, dass es vollkommen irrational ist. Aber trotzdem macht mich die Vorstellung rasend.«

»Du weißt, dass es keinen Grund dafür gibt«, erwiderte ich und streckte die Hand nach ihrer aus.

Sie reagierte nicht.

Irgendwann schliefen wir ein.

Am nächsten Tag passierte etwas Unerwartetes. Es war gegen Abend und Johanna war gerade nach Hause gekommen, als es klingelte. Die Haustür unten musste offen gewesen sein, denn der unangekündigte Besuch stand bereits vor unserer Wohnungstür. Es war Christine.

Blass, schmal und aufgewühlt stand sie im Türrahmen und fragte mit dünner Stimme: »Kann ich reinkommen? Ich muss mit dir reden.«

»Natürlich, komm rein«, sagte ich, nachdem ich die erste Überraschung überwunden hatte. »Das ist Johanna, meine Freundin.«

Die beiden gaben sich kurz die Hand, danach verschwand Johanna in die Küche. Ihr Gesichtsausdruck war nicht gerade erfreut.

»Am besten, wir setzen uns ins Wohnzimmer. Hast du Hunger?«

»Nein, danke«, erwiderte Christine, »aber ein Glas Wasser wäre nett.«

Ich zeigte ihr den Weg ins Wohnzimmer und ging in die Küche, um das Wasser zu holen. Johanna hantierte am Herd herum, ohne mich anzuschauen. Ihr Blick war finster. Ich ging zurück ins Wohnzimmer und setzte mich zu Christine.

Atemlos und mit schnellen Schlucken trank sie das Glas leer. Ihre Hände zitterten. Unruhig rutschte sie auf dem Sofa hin und her und schaute mich schließlich an. »Es tut mir leid, dass ich euch so plötzlich überfalle. Nachdem ich dir ja eigentlich gesagt hatte, dass ich mit der Sache nichts mehr zu tun haben will.« Nervös knibbelte sie an ihren Fingernägeln herum. »Aber du musst mir unbedingt den Brief zeigen, Marie. Bitte. Hast du ihn noch?«

Ich nickte und bereute es im selben Augenblick. Durfte ich meiner alten Freundin das wirklich antun? Sie war vollkommen aus dem Häuschen. Ein Foto ihrer ungeborenen Tochter würde sie schockieren – gefälscht oder echt.

Trotzdem ging ich wie mechanisch zu dem Schränkchen, wo ich alle Briefe aufbewahrte. Ich nahm den, der als Letzter gekommen war, und legte ihn vor Christine auf den Tisch. »Überleg dir bitte, ob du ihn wirklich öffnen möchtest«, sagte ich leise.

Christine zögerte kurz, nahm den Brief aber schließlich vorsichtig, fast ängstlich in die Hand. Mit spitzen Fingern zog sie den Briefbogen heraus. In dem Moment rutschte das Foto aus dem Umschlag und fiel auf den Tisch. Die glückliche kleine Amelie lächelte ihre Mutter an. Christine nahm das Foto in die Hand, betrachtete es und fing an zu weinen.

Oje. Was sollte ich jetzt tun? Christine hatte den Kopf in die Hände gelegt und weinte hemmungslos. Johanna warf einen Blick ins Wohnzimmer, aber ich signalisierte ihr, dass es besser war, uns allein zu lassen. Ich kramte nach einer Packung Taschentücher und legte sie vor Christine auf den Tisch. Irgendwann nahm sie das Gesicht aus den Händen, griff nach den Taschentüchern und schnäuzte sich. Das Schluchzen ließ langsam nach. Schließlich blickte sie mich an. Ihre Augen waren rot und aufgequollen. Seltsamerweise meinte ich ein trauriges Lächeln auf ihrem Gesicht zu erkennen. Stockend begann sie zu erzählen: »Du wirst mich für verrückt halten, aber ich habe immer geahnt, dass Amelie nicht wirklich tot ist. Ich wollte es mir nicht eingestehen, aber eigentlich war für mich immer klar, dass sie irgendwo aufwächst und glücklich ist. Ein kleines Energiebündel, das vor Freude quiekt und mit den Beinchen strampelt, wenn man es am Bauch kitzelt. Ich habe mir vorgestellt, wie sie sich entwickelt, ihre ersten Schritte macht und anfängt, Schubladen auszuräumen. Ihr erstes Wort wäre nicht ›Mama‹ oder ›Papa‹ gewesen, sondern ›Pau‹ – für Paul. Denn die beiden hätten sich sehr nahe gestanden. Sie hätte blonde Locken bekommen wie ich und vermutlich auch irgendwann unzählige Sommersprossen. Sie hätte genau so ausgesehen wie auf dem Foto. Das ist Amelie.«

Ich war sprachlos. Drehte Christine jetzt durch? Hatte das Foto eine Schockreaktion bei ihr ausgelöst?

Christine griff nach meiner Hand und schaute mich flehend an. »Bitte, Marie, du musst mir das glauben. Auch wenn es unglaublich klingt. Paul hat es immer gewusst. Er war drei Jahre alt, als er plötzlich anfing, von Amelie zu sprechen. Das war genau sechs Monate, nachdem ich sie verloren hatte. Es war unheimlich, denn er konnte gar nichts von ihr wissen. Er war viel zu klein und wir hatten in seiner Gegenwart nie von einem Geschwisterchen erzählt. Wir versuchten zunächst, es zu ignorieren. Aber dann fing er an, mit ihr zu sprechen und zu spielen. Irgendwann kam er nachts an unser Bett und weckte uns: Amelie habe Bauchschmerzen und weine. Wir waren geschockt und beschlossen, mit ihm zum Kinderpsychologen zu gehen. Der bescheinigte uns, das Kind sei völlig normal und ›imaginäre Freunde‹

könnten in dem Alter durchaus vorkommen. Außerdem stellte er fest, dass Paul hochintelligent ist. Wir sollten ihn nach Kräften fördern, dann würden die Fantasien irgendwann aufhören. Wir förderten ihn. Aber die Fantasien hörten nie auf. Das machte uns fertig.«

Mir fiel die Begegnung mit dem kleinen Paul wieder ein und der unheimliche Satz, den er mir zum Abschied gesagt hatte: »Amelie will nicht, dass Mama weint.« Mich fröstelte.

Christine sprach weiter: »Deshalb war ich auch so geschockt, als du mit dem Brief aufgetaucht bist. Plötzlich wurde ich wieder mit etwas konfrontiert, das ich nicht wahrhaben wollte. Weil es nicht wahr sein konnte. Aber es ist wahr. Endlich habe ich die Gewissheit.« Beinahe glücklich schaute sie mich an.

Ich schluckte. Und sagte schließlich vorsichtig: »Christine, es tut mir leid, aber ich kann dieser Logik nicht folgen. Es widerspricht meinem Verständnis von Realität. Ich glaube auch, dass es vieles gibt, das wir mit unserem menschlichen Verstand nicht erklären können. Aber ich glaube nicht an Geister.«

»Du begreifst nicht, was ich meine«, erwiderte Christine brüsk und sprang unvermittelt auf. »Ich weiß ja selbst, dass es unglaublich klingt. Aber es ist wahr. Es muss wahr sein. Und ich will herausfinden, was dahintersteckt. Ich fahre nach Berlin zu der Adresse, die auf dem Brief steht. Vielleicht erfahre ich dort mehr. Irgendwo muss sie sein, meine kleine Amelie.«

»Christine, hör zu«, sagte ich und versuchte, nach ihrem Arm zu greifen, »auch wenn es sehr wehtut: Meinst du nicht, da erlaubt sich jemand einen bösen Scherz mit uns? Sicherlich gibt es für alles eine logische Erklärung.«

Christine zog ihren Arm weg und schaute mich traurig an. »Ich merke schon, du verstehst es nicht. Das kann ich dir nicht verübeln. Wahrscheinlich hältst du mich für verrückt. Tim würde das sicherlich auch tun. Aber ich muss nach Berlin. Denn ich weiß, dass ich mein Kind da finde. Irgendwo. Mach's gut, Marie.« Christine nahm den Brief und ihre Tasche und verschwand so unerwartet, wie sie gekommen war.

Ich versuchte nicht, sie aufzuhalten. Die Tür fiel ins Schloss und der Klang ihrer eiligen Schritte wurde nach und nach vom Treppenhaus verschluckt. Ich ließ mich ins Sofa sinken und starrte die Wand an. Johanna kam herein, setzte sich neben mich und nahm mich in den Arm. Sie hatte alles mit angehört. Ich legte den Kopf an ihre Schulter und weinte.

Für Johanna war die Sache jetzt klar: Christine war die Verrückte. »Vielleicht ist ihr das noch nicht einmal bewusst«, sagte sie zu mir. »Ich habe mal gehört, dass ein starkes Trauma wie der Tod eines Kindes Schizophrenie auslösen kann. Wer weiß, zu welchen Sachen ein Mensch dann imstande ist. Ich würde Christine durchaus zutrauen, solch ein Drama zu inszenieren.«

Ich war mir da nicht so sicher, sagte aber nichts, denn mit dieser vermeintlichen Gewissheit bekam Johanna ihr Lachen endlich wieder zurück. Und ich die Freundin, die ich liebte.

Am nächsten Abend besuchten wir Daniel, Johannas besten Freund. Er und sein Freund Peter hatten uns zum

Essen eingeladen. Ich mochte die zwei. Sie konnten kaum unterschiedlicher sein und waren trotzdem seit acht Jahren glücklich miteinander. Daniel hatte den wohl spießigsten Beruf schlechthin, er war Steuerberater, und Peter bezeichnete sich selbst als »Personal Manager junger Nachwuchstalente«, seine Umschreibung für Kinderpfleger. Die beiden hatten sich bei einer Vogelwanderung kennengelernt, sie waren leidenschaftliche Hobbyornithologen.

»Ich hatte mir vorgenommen, Daniel zu küssen, sobald wir die erste Nachtigall entdecken würden«, erzählte Peter gerne. »Das hat ewig gedauert, ich war schon dabei, mir einen anderen Vorwand zu überlegen. Dann hat Daniel plötzlich geflüstert: ›Schau mal da, eine Nachtigall!‹ Als ich den Kopf in seine Richtung gedreht habe, hat er mich geküsst. Zwei Dumme, ein Gedanke.«

»Kommt herein, ihr Hübschen«, rief Daniel durchs Treppenhaus, noch bevor wir den vierten Stock des stuckverzierten Altbaus erklommen hatten. Er nahm uns mit ausgebreiteten Armen in Empfang, als wir schwer atmend oben anlangten.

Peter kam in den Flur gewirbelt und drückte uns einen flüchtigen Kuss auf die Wange, bevor er eilig wieder in die Küche verschwand.

»Der Chef de cuisine probiert heute ein neues Rezept aus«, flüsterte Daniel uns augenzwinkernd zu, »da darf er keinesfalls gestört werden.«

»Eine Eigenkreation in fünf Gängen«, rief Peter, der die Bemerkung gehört hatte, aus der Küche. »Ein kulinarisches Meisterwerk, ihr werdet begeistert sein!«

Wir lachten.

Der Abend wurde richtig schön. So entspannt und ausgelassen hatte ich Johanna seit Wochen nicht erlebt. Am Ende fanden wir uns beim Karaoke-Singen wieder, wofür zumindest ich nicht den Hauch von Talent hatte. Daniel und Johanna hingegen waren musikalisch und optisch ein Traumpaar. »Wenn du nicht nett zu ihm bist«, drohte Johanna dem Freund ihres besten Freundes manchmal zum Scherz, »dann heirate ich dir Daniel vor der Nase weg.«

Ich liebte sie. Und genau das sagte ich ihr auch, als wir Stunden später im Taxi nach Hause fuhren. »Ich weiß«, erwiderte sie bloß grinsend. Ich kniff sie dafür in die Seite. Sie quietschte wie ein Teenager und der Taxifahrer gaffte in den Rückspiegel.

Wir kamen kaum die Treppen hoch, so sehr klebten wir aneinander. Nach dem dritten Versuch hatten wir endlich die Haustür aufgeschlossen und fielen im Flur förmlich übereinander her. Wir entledigten uns unserer Sachen, während wir küssend Richtung Schlafzimmer stolperten. Johanna hob mich hoch und legte mich aufs Bett. Ich stöhnte vor Verlangen bei jeder Berührung. Während sie meinen Slip abstreifte, flüsterte sie mir ins Ohr: »Ich wünschte, ich könnte dir ein Kind machen.«

»Tu's doch einfach«, erwiderte ich seufzend.

Der nächste Morgen kam spät, war dafür aber umso schöner. Die Mittagssonne schien herein, als ich blinzelnd die Augen öffnete. Es war Wochenende. Das Bett neben mir war leer, aber aus der Küche drang frischer Kaffeeduft zu mir herüber. Mit einem Tablett in den

Händen tauchte Johanna Sekunden später im Schlafzimmer auf.

»Oje«, stöhnte ich gequält, »und ich dachte, du wärst längst weg. Musst du mir so romantisch das Frühstück ans Bett bringen?«

Johanna lachte, stellte das Tablett auf den Boden, sprang aufs Bett und drückte meine Arme in die Laken.

»Bitte keine Szene«, rief ich mit gespieltem Entsetzen, »mehr als ein Date war nicht vereinbart.«

Statt einer Antwort presste sie mir die Lippen auf den Mund und wir küssten uns leidenschaftlich.

KAPITEL 8

Die Wochen vergingen und wir genossen den Sommer, machten Urlaub, besuchten Freunde. Nichts Unerklärliches störte unser Glück. Die Briefe, die wir bekamen, waren von den Stadtwerken oder vom Finanzamt. Von Christine hatten wir seit ihrem überstürzten Verschwinden aus unserer Wohnung Gott sei Dank nichts mehr gehört. Alles war so schön einfach.

Eines Abends klingelte das Telefon. Johanna war gerade zur Tür hereingekommen und ich warf ihr einen Kuss zu, bevor ich den Anruf entgegennahm. Es war meine Mutter. Sie begrüßte mich mit »Hallo, Schätzchen« und ich wusste sofort, dass etwas nicht in Ordnung war. Der besorgte Unterton in ihrer Stimme war nicht zu überhören.

»Was ist los, Mama?«, fragte ich sie deshalb ganz direkt.

»Hör mal.« Sie zögerte. »Ist alles okay bei euch?«

»Ja, natürlich«, erwiderte ich, »warum fragst du?« Ein Unwohlsein breitete sich in meiner Magengegend aus, irgendetwas stimmte nicht.

»Ihr wart doch in Italien und nicht in Paris, oder?«, fragte sie schließlich.

Ich zuckte zusammen. Eine unheimliche Vorahnung ergriff mich. »Nein, wir waren nicht in Frankreich, wie kommst du darauf? Wir haben doch nach unserem Urlaub telefoniert. Seit einer Woche arbeiten Johanna und ich schon wieder.«

»Na ja«, sagte sie langsam, »das klingt jetzt wahrscheinlich sehr seltsam. Aber ich habe heute eine Postkarte von dir aus Paris bekommen. Zumindest wurde sie in deinem Namen geschrieben. Aber der Text ergibt überhaupt keinen Sinn.«

Ich schluckte. Es war also nicht vorbei. Und jetzt traf es auch noch meine Eltern. »Nein, die ist ganz sicherlich nicht von mir, Mama«, sagte ich heiser, »aber bitte lies sie mir doch vor.«

»Okay.« Meine Mutter räusperte sich und begann:

Liebe Mama, lieber Papa,

allerliebste Grüße aus Paris! Ich bin an dieser hübschen Karte vorbeigelaufen und musste sie euch einfach schicken. Victor und mir geht's gut. Wie ihr wisst, steht bald die große Nachuntersuchung an, aber ich sehe dem Termin ganz gelassen entgegen. Momentan genieße ich einfach den Sommer in dieser wunderschönen Stadt. Freue mich schon sehr auf euren Besuch!

Bisous, Marie

Wir schwiegen einen Moment.

»Was hat das zu bedeuten?«, fragte meine Mutter schließlich. »Der Text sieht nach deiner Handschrift aus, aber er kann doch unmöglich von dir sein.«

»Nein, die Karte ist auch nicht von mir«, sagte ich langsam. Dann holte ich tief Luft und log meine Mutter an. »Ich habe einen Bekannten, der ein Talent dafür hat, Handschriften zu fälschen. Und einen ziemlich schrägen Humor. Er verschickt ständig irgendwelche Karten oder Briefe an fremde Leute, in denen er Geschichten erfindet. Denk dir nichts dabei.«

»Hmm«, erwiderte meine Mutter, »das ist aber wirklich ziemlich ungewöhnlich. Um nicht zu sagen, aufdringlich.«

»Ja, ich weiß, aber bitte nimm das nicht so ernst. Er hat diese kleine Macke, ist aber ansonsten ein harmloser Kerl. Ignorier die Karte einfach.«

Meine Mutter schwieg und sagte schließlich: »Okay, dann werde ich mir keine Sorgen mehr machen. Aber bitte, Marie, du musst mir sagen, wenn irgendetwas nicht in Ordnung ist. Oder wenn dich jemand belästigt und du Hilfe brauchst.«

»Nein, nein«, widersprach ich schnell, »es ist wirklich alles bestens. Johanna und mir geht es bestens.«

»Na, gut«, sagte sie und wechselte das Thema.

Langsam atmete ich aus.

Als ich das Gespräch beendete, stand Johanna neben mir. Sie war genauso perplex wie ich. »Haben deine Eltern jetzt etwa auch …?«, fragte sie, ohne den Satz zu vollenden.

Ich nickte.

»Scheiße!«, rief sie. »Scheiße! Kann sich diese Verrückte nicht endlich mal aus unserem Leben heraushalten? Ich ruf sie an und mach ihr die Hölle heiß, verdammt!«

»Hey, beruhige dich«, sagte ich.

»Das kannst du nicht auf dir sitzen lassen, Marie. Wenn du jetzt nicht eingreifst, dann wird es immer schlimmer.«

»Du hast recht«, sagte ich nach einer kurzen Pause. »Aber bitte lass mich erst mal durchatmen. Das wäre gerade beinahe schiefgegangen.«

Johanna versuchte, sich zu beruhigen, und setzte sich neben mich. Nachdem wir den ersten Schock überwunden hatten, berieten wir uns, wie wir jetzt vorgehen sollten. Ich beschloss, am nächsten Tag bei Christine anzurufen.

Ich hatte Herzklopfen, als ich Christines Nummer wählte. Johanna saß neben mir und ich hatte den Lautsprecher eingeschaltet, damit sie alles mitbekam.

Es klingelte. Immer wieder.

»Vielleicht sind sie gar nicht da«, sagte ich, ein wenig hoffnungsvoll. In dem Moment wurde der Hörer abgenommen.

»Hausmann«, meldete sich eine männliche Stimme. Es war Tim.

»Hallo, Tim, hier ist Marie«, sagte ich und hielt den Atem an. Schweigen am anderen Ende. Johanna und ich schauten uns an. Und wenn er gar nicht mit mir reden wollte?

»Was willst du, Marie?«, fragte er schließlich müde.

Ich räusperte mich. »Ich will euch wirklich nicht belästigen, Tim. Aber könnte ich vielleicht Christine sprechen? Es ist sehr, sehr wichtig.«

Wieder Schweigen in der Leitung. Dann brach es

plötzlich aus ihm heraus: »Lass uns endlich in Ruhe mit deinem Scheiß. Was glaubst du eigentlich, was hier die letzten Wochen los war? Christine ist total durchgedreht. Ich weiß, dass sie von dir wieder so einen komischen Brief bekommen hat, und dann ist sie auch noch nach Berlin gefahren. Seid ihr jetzt alle total bescheuert?«

Ich schluckte schwer und brachte mühsam heraus: »Das tut mir leid. Was ist denn mit Christine, könnte ich sie sprechen?«

»Ob du sie sprechen könntest«, schnaubte es am anderen Ende. »Ich gebe dir gerne die Durchwahl von der psychiatrischen Abteilung des Krankenhauses, wo sie seit Wochen liegt. Als Christine aus Berlin zurückgekommen ist, hat sie nur noch wirres Zeug von sich gegeben. Sie wisse jetzt, dass es Amelie gutgehe und so. Das war richtiger Psychoterror. Und das Schlimmste war, dass sie Paul da total mit reingezogen hat. Er ist doch noch ein Kind! Irgendwann habe ich es nicht mehr ausgehalten und Paul zu meiner Mutter gebracht. Und weißt du, was dann passiert ist? Ich habe Christine am nächsten Tag mit aufgeschlitzten Pulsadern in der Badewanne gefunden. Zum Glück waren zwei Schulstunden ausgefallen, sonst würde sie heute wahrscheinlich nicht mehr leben.« Er schluchzte.

Johanna und ich waren wie erstarrt. Kreidebleich schauten wir uns an, meine Hände waren eiskalt. Ein stechender Schmerz kroch urplötzlich meine Schläfen hinauf und breitete sich rasend schnell im ganzen Kopf aus. »Es tut mir so leid, Tim«, murmelte ich.

Dann wurde alles schwarz.

KAPITEL 9

Als ich wieder aufwachte, lag ich in einem weißen Krankenhausbett. Die Wände des Zimmers waren kahl und es roch nach Desinfektionsmittel. Johanna saß auf der Bettkante und hielt meine Hand. Ihre Augen waren rot und geschwollen.

»Was ist passiert?«, fragte ich mit schwerer Zunge. Ich fühlte mich benommen und konnte meinen Körper kaum spüren. Immerhin waren die unerträglichen Kopfschmerzen vorbei. Vielleicht aber auch einfach nur betäubt.

Johanna lächelte erleichtert, als sie sah, dass ich aufgewacht war. Erschöpft strich sie mir über die Wange. »Du bist ohnmächtig geworden und ich musste den Notarzt rufen. Sie haben dich ins Krankenhaus gebracht und sofort behandelt.« Sie schwieg.

»Und?«, fragte ich. »Was ist los? Ich kann mich nicht mehr erinnern.«

Nach einem kurzen Zögern sagte sie: »Aber du musst mir versprechen, ganz ruhig zu bleiben, okay? Es ist wirklich nichts Schlimmes passiert.«

Wenn ein Gespräch so begann, konnte es sich nur um etwas Beunruhigendes handeln. Ich nickte.

»Wir haben mit Tim telefoniert, Christines Mann«,

fuhr Johanna fort. »Christine ist in die Psychiatrie eingewiesen worden und das hat dich ziemlich mitgenommen.«

Dunkel erinnerte ich mich. Christine, Amelie, die Pulsadern. Schnell schloss ich die Augen.

»Du hast das Bewusstsein verloren und ich war, na ja, ziemlich geschockt. Ich habe versucht, dich wach zu bekommen, aber du bist immer wieder weggekippt. Also habe ich den Notarzt gerufen und sie haben dich hierhergefahren. Während der Fahrt hast du dich übergeben und dir ständig an den Kopf gefasst. Und gesagt, dass du schreckliche Schmerzen hast.«

Johanna schwieg und ich streichelte ihr schwach die Hand.

»Und, was haben sie gefunden?«

»Die Ärzte hatten erst keine Erklärung und haben eine Tomografie durchgeführt, als du wieder stabil warst.«

Seltsam, dass ich mich daran gar nicht erinnern konnte. Was wohl dabei herausgekommen war? Ich beobachtete meine Freundin, wie sie einen Schluck Wasser trank. Als ob sie den Augenblick der Wahrheit möglichst weit hinauszögern wollte. Und plötzlich packte mich eine Vorahnung. Nein, eine Gewissheit. Unentrinnbar und klar. »Sie haben ein Aneurysma gefunden, nicht wahr?«

Johanna senkte den Kopf und nickte. »Ja. Zum Glück ist es nicht geplatzt, aber es wäre fast so weit gekommen. Die Ärztin wird dir das nachher noch genauer erklären. Ich habe deine Eltern angerufen, sie sind auf dem Weg hierher.«

Ich schloss die Augen, die Lider waren ganz leicht. Irgendwo summte ein Gerät und das Geräusch gedämpfter Stimmen drang durch die Tür. Vielleicht sollte ich einfach weiterschlafen. Alles war so friedlich.

»Dann ist es also wahr«, sagte ich leise.

»Ja.«

Für alle anderen war es ein Schlag, für mich war es eine Befreiung. Eine Befreiung von der Ungewissheit, die mich seit dem Eintreffen des ersten Briefs gequält hatte. Plötzlich war da keine Bedrohung mehr, sondern beinahe so etwas wie ein tieferer Sinn. Etwas, das ich zwar immer noch nicht verstand, aber das mich auf mysteriöse Weise warnen und schützen wollte.

Natürlich sagte ich das niemandem. Johanna war fix und fertig und meine Eltern wollten vor lauter Sorge gar nicht mehr von meiner Seite weichen. Die Ärztin erklärte mir, dass ich sehr viel Glück gehabt hatte. Bei den meisten werde ein Aneurysma erst dann entdeckt, wenn es schon zu spät sei. Sie sagte mir, dass ich jetzt sehr genau abwägen müsse. Eine Hirn-OP sei sehr riskant, denn es könne nicht ausgeschlossen werden, dass es zu schwerwiegenden Komplikationen komme. Sollte ich mich dagegen entscheiden, müsste ich allerdings in dem Bewusstsein leben, dass das Aneurysma jederzeit platzen könne. Vielleicht morgen, vielleicht in zehn Jahren, vielleicht nie. Das hänge auch von meinem Lebensstil ab. Ich müsse viele Dinge beachten, mich regelmäßig untersuchen lassen und vor allem Stress vermeiden.

Ich hatte also die Wahl zwischen Pest und Cholera. Alle rieten mir, noch weitere Meinungen einzuholen. Meine Mutter hätte mich am liebsten zu sämtlichen Ärzten, Heilpraktikern und Therapeuten geschickt, die sich auch nur im Entferntesten mit dem Thema auskannten. Aber ich wollte nicht. Ich brauchte Ruhe. Um nachzudenken. Also zog ich mich für einige Zeit zurück und ging nur den nötigsten Alltagsdingen nach. Johanna stellte keine Fragen und drängte mich nicht zu irgendeiner Entscheidung. Sie umsorgte mich ein bisschen mehr als sonst, gab mir aber nicht das Gefühl, krank zu sein. Sie wusste, dass ich von mir aus über das Thema reden würde, wenn ich so weit war. Und eines Tages war ich dann so weit.

Johanna und ich saßen auf dem Balkon und schauten der Sonne zu, wie sie den Abendhimmel rot färbte und langsam hinter den Häuserfassaden verschwand.

»Die Sache mit den Briefen lässt mich einfach nicht los«, sagte ich. »Ich mache mir darüber mehr Gedanken als über dieses Ding in meinem Kopf. Seltsam, oder?«

»Ja, schon … Aber irgendwie verstehe ich dich auch. Mit den Briefen hat schließlich alles angefangen.«

»Ich habe das Gefühl, dass das eine untrennbar mit dem anderen zusammenhängt. Wenn ich das eine verstanden habe, wird es auch für das andere eine Lösung geben.«

»Vielleicht. Ich weiß es nicht. Aber ich habe auch aufgehört, es erklären zu wollen. Ich möchte einfach nur, dass du gesund wirst.«

»Hast du mal daran gedacht, dass es auch eine Art Zeichen sein könnte?«

»Wie meinst du das?«

»Na ja. Wenn ich die Briefe ernst genommen hätte,

wäre ich vielleicht früher zum Arzt gegangen. Und hätte eher herausgefunden, dass ich wirklich krank bin.«

»Und was hätte das geändert?«

»Das weiß ich nicht. Aber vielleicht wäre dann nicht beinahe alles schiefgegangen.«

Johanna schwieg einen Moment und sagte schließlich: »Natürlich habe ich nach der Diagnose auch darüber nachgedacht. Wer könnte so etwas wissen? Eine verrückte alte Schulfreundin? Es wäre reine Spekulation.«

»Das stimmt. Ich wurde nie von einem Arzt entsprechend untersucht. Und in meiner Familie gibt es auch nur einen Fall. Mama hat erzählt, dass ihr Großcousin in Kalifornien an einem Aneurysma in der Bauchschlagader gestorben ist. Vor über fünfzehn Jahren. Aber er war wirklich der Einzige. Zumindest der Einzige, bei dem es diagnostiziert wurde.«

Wir schwiegen eine Weile, bis Johanna zögernd sagte: »Bitte halt mich nicht für verrückt, aber man hört doch immer wieder, dass Geschwister ähnliche Krankheiten haben. Vor allem Zwillinge. Ich meine, ist es irgendwie möglich, dass du eine Zwillingsschwester hast?«

Perplex schaute ich Johanna an und musste lachen. »Ach, Schatz, du bist echt süß. Du hast recht, das würde auch das Foto erklären. Aber glaub mir, das ist undenkbar!« Als ich ihren skeptischen Blick sah, wurde ich wieder ernst. »Du kennst doch meine Eltern. Kannst du dir ernsthaft vorstellen, dass sie mir eine Zwillingsschwester verheimlichen würden? Warum denn? So was gibt es wirklich nur in schlechten Soaps.«

»Ja, stimmt schon. Aber jetzt mal rein hypothetisch: Vielleicht hätte deine« – sie malte Gänsefüßchen in die

Luft – »Zwillingsschwester einen Grund, warum sie keinen persönlichen Kontakt zu dir aufnehmen kann. Dann wären die Briefe ein Mittel, mit dir in Verbindung zu treten.«

»Ach, komm. Wozu denn dann der Psychoterror? Wieso sollte sie Christine mit hineinziehen? Und das Familienfoto mit Amelie wäre nach wie vor ein Rätsel. Warum das alles?«

»Ich weiß es nicht. Es ist nur die einzige halbwegs logische Erklärung, die mir eingefallen ist.«

Wir starrten in die Dämmerung. Schließlich traute ich mich auszusprechen, was mich schon seit Tagen beschäftigte. »Und was wäre, wenn es keine logische Erklärung gäbe?«

Johanna musterte mich. »Das fände ich unheimlich. So was kann ich mir nicht vorstellen.«

»Ich auch nicht. Aber es gibt nur einen Weg, es herauszufinden.«

»Du musst nach Paris.«

»Ja.«

Johanna starrte wieder in die Dämmerung. »Davor hatte ich Angst. Die ganze Zeit.«

»Es tut mir leid. Ich würde lieber nicht gehen.«

»Ich weiß.«

Als die schmerzhafte Entscheidung getroffen war, beschloss ich, den Kontakt zu meinem alten Kommilitonen André wieder aufleben zu lassen, der in Paris wohnte.

Er schrieb über Facebook zurück: »Mensch, Marie. Dass ich in diesem Leben noch mal etwas von dir höre, hätte ich ja nicht gedacht. Aber ich freue mich. Bienvenue à Paris!«

Ab da ging alles schnell: Urlaub nehmen, Flug buchen, Koffer packen. So schnell, dass keine Zeit blieb für Zweifel. Ich wollte nicht nachdenken, sondern einfach nur handeln. »Blinden Aktionismus« hätten es meine Eltern genannt und sich Sorgen gemacht. Deshalb erzählte ich ihnen nichts. Ich wollte sie erst einweihen, wenn ich in Paris gewesen war. Was sich als ganz schön schwierig herausstellte, weil meine Mutter mindestens dreimal in der Woche anrief. Lügen war mir noch nie so schwer gefallen.

Johanna war unglücklich, mehr noch, resigniert. Sie saß stumm in der Küche und blickte ins Leere, während ich die letzten Vorbereitungen traf. Ihr Anblick brach mir schier das Herz. Wie gern hätte ich einfach den Reset-Knopf gedrückt – keine Briefe, keine Krankheit, kein Paris. Doch nun gab es kein Zurück mehr.

»Ich bin doch spätestens in drei Wochen wieder da. Eher früher.«

Johanna nickte und wir küssten uns. Dann trat ich durch die Tür – hinter mir das Leben, das ich liebte, vor mir die Stadt, die mein Schicksal werden sollte.

ZWEITER TEIL

KAPITEL 1

Ich stand auf der Place de la Concorde und atmete tief durch. Hinter mir lag der malerische Park des Louvre, vor mir erstreckten sich die Champs-Élysees in all ihrer Pracht bis zum Triumphbogen. Die Abenddämmerung verwandelte die Stadt in ein Lichtermeer, dessen schillerndem Sog ich mich nicht entziehen konnte. Mit jedem Atemzug, jedem Augenaufschlag und jeder kleinen Bewegung geriet ich stärker in den Bann dieses pulsierenden Kosmos, der meine Einsamkeit umarmte und meine Sehnsucht verschlang. Paris hatte mich verzaubert.

Als ich zwei Tage zuvor aus der Metro gestiegen war, hatten mich eine sonnendurchflutete Stadt und ein strahlender André begrüßt. Wir trafen uns im Marais, einem angesagten Szeneviertel und dem Homeland aller Schwulen, Lesben und Queers – zumindest derjenigen, die sich die maßlosen Mieten in dem beliebten Stadtteil leisten konnten. Modeboutiquen, Schmuckgeschäfte, schräge Secondhandshops und unzählige Cafés säumten die Straßen. Kein Gehweg schien zu schmal, um nicht doch noch ein paar Tische und Stühle aufzustellen. Ich war angekommen, noch bevor ich darüber nachdenken konnte.

André umarmte mich, als hätten wir uns seit Jahren nicht mehr gesehen. Nun, das traf ja auch zu. Er sah gut aus. Genau genommen wie eines dieser androgynen Männermodels, die für internationale Top-Label über den Laufsteg flanieren. Betonte Lässigkeit mit einer Prise Chic, die den Casual Lifestyle einer urbanen Männergeneration repräsentiert – das hatte ich neulich irgendwo gelesen.

»Na«, neckte ich ihn, »aus welchem Modekatalog haben sie dich denn herausgeschnitten?«

Er grinste und konterte: »Meine liebe Marie, Stil ist bekanntlich nicht das Ende des Besens. Irgendjemand muss ja hier für den guten Geschmack zuständig sein.«

Ich lachte. Eigentlich war alles wie früher.

Seine Wohnung glich einem Showroom für Designermöbel, sein offener Kleiderschrank einer Edelboutique. Sein Reich erstreckte sich auf drei lichtdurchflutete Zimmer – direkt im Herzen von Paris. Auch ohne den horrenden Quadratmeterpreis zu kennen, war mir bewusst, dass hier ein Vermögen drinstecken musste. Auf meinen fragenden Blick antwortete er bloß: »Frag einfach nicht. Ich habe mich eben gegen die wissenschaftliche Karriere und für das schöne Leben entschieden. Und dafür braucht man nun mal Geld.« Das hatte offensichtlich funktioniert.

André war hochbegabt. Ich kannte niemanden, der eine so schnelle Auffassungsgabe hatte wie er. Doch er konnte nicht nur schnell denken, sondern auch hervorragend argumentieren. Wie oft hatte er unsere Dozenten damit in den Wahnsinn getrieben. Aber auch einen

Schein nach dem anderen gesammelt. Jetzt war er teilhabender Geschäftsführer einer schicken Pariser Werbeagentur und hielt Marketing-Präsentationen statt wissenschaftlicher Vorträge.

»Meinen Charakter habe ich mir trotzdem nicht versaut«, sagte er fast entschuldigend. »Der akademische Elfenbeinturm wäre auf die Dauer nichts für mich gewesen. Hier ist einfach mehr Lametta«, fügte er grinsend hinzu.

Ich bekam eines der Zimmer und die Anweisung: »Fühl dich wie zu Hause und nimm dir, was du möchtest. Das meine ich ernst.«

Ich schenkte ihm ein dankbares Lächeln und ließ mich in einen eierschalenfarbenen Ledersessel sinken. Das tat gut. Einfach erst mal ankommen.

André servierte Espresso und wir begannen, in Erinnerungen zu schwelgen. Dann erzählte ich von den letzten Jahren, meinem Job in Hamburg, meiner Freundin Johanna.

»Ah«, warf André grinsend ein, »dann bist du also doch noch auf den Geschmack gekommen.«

»Sie hat mich umgehauen«, sagte ich wahrheitsgemäß. »Auf den ersten Blick war ich fasziniert, auf den zweiten hemmungslos verliebt.«

»Und wo steckt sie dann?«

Okay, es wurde Zeit, mit der Wahrheit herauszurücken. Ich holte tief Luft, öffnete meine Tasche und legte die Briefe auf den Tisch.

»Mon dieu«, sagte André, als ich meine Erzählung beendet hatte. Dann lehnte er sich zurück und musterte mich nachdenklich. »Marie, was machst du bloß für

Sachen? Ich dachte, du bringst frische Nordseeluft nach Paris und stattdessen kommst du mit so was an.«

Ich lächelte schwach.

»Ein Aneurysma? Ach komm, das gibt's doch wohl nicht. Mensch, das tut mir wahnsinnig leid. Und dann diese seltsame Geschichte mit den Briefen ...« Er schaute sie sich noch einmal an und sagte schließlich: »Nein, ich habe auch keine logische Erklärung dafür. Es ist geradezu unheimlich. Aber wir gehen dieser Sache gemeinsam auf den Grund, bon?«

Ich nickte.

»Lass es uns so machen: Erst mal erholst du dich ein bisschen, genießt ein paar Tage die schöne Stadt und dann kümmern wir uns darum.«

Ich nickte noch einmal.

André lächelte aufmunternd. »La vie est belle, Marie!«

Drei Tage, hatten André und ich vereinbart, würden wir nicht mehr über das Thema reden. Drei Tage sollte ich einfach nur Paris erkunden, ausgehen und das Leben genießen. Drei Tage, in denen mich die Stadt mit ihrem Charme um den Finger wickelte.

Natürlich vermisste ich Johanna, unsere Wohnung und Hamburg. Wahnsinnig. Das sagte ich ihr auch, wenn wir miteinander telefonierten. Was ich ihr allerdings verschwieg, war das seltsame Gefühl der Vertrautheit, wenn ich durch die Pariser Gassen schlenderte. Der Geschmack nach Geborgenheit, wenn ich morgens in einer Brasserie frühstückte. Die Selbstverständlichkeit, mit der ich Chansons mitsummte. Ich konnte es mir nicht erklären. Wie alle Großstädte war auch Paris nicht gerade ein Ort der Ruhe und Besinnlichkeit. Trotzdem fühlte ich mich dort zu Hause.

Es war auch erstaunlich, wie schnell ich mein Schulfranzösisch reanimieren konnte. Da sich André in Kreisen bewegte, in denen man zwar perfekt Englisch sprach, dies aber nur äußerst ungern tat, blieb mir gar nichts anderes übrig, als die Sprache wieder zu erlernen. Und sie sprudelte geradezu aus mir heraus. Als ich bereits am dritten Abend seinem Agentur-Geschäftspartner auf Französisch erklärte, worin für mich der genaue Unterschied zwischen Werbung und Kunst liege, stieß mich André erstaunt in die Seite.

»Ich wusste gar nicht, dass du so ein Sprachtalent bist.«

War ich auch nicht. Aber irgendwo in meinem Kopf schienen die Sätze schon vorformuliert zu sein. Ich musste sie einfach nur aussprechen.

Meine Eltern waren erwartungsgemäß alles andere als begeistert, als sie hörten, wo ich mich gerade aufhielt. Aber sie begriffen auch, dass es einen wichtigen Grund für die Reise geben musste.

»Ach, Kind, wir machen uns Sorgen«, seufzte meine Mutter am Ende einer langen, tränenreichen Diskussion. »Dass das ausgerechnet jetzt sein muss.«

»Tut mir leid, Mama. Aber ich muss einer Sache auf den Grund gehen, die sehr, sehr wichtig ist. Und die vielleicht auch mit meiner Krankheit zu tun hat.«

»Ja, du wirst schon deine Gründe haben. Auch wenn du nicht darüber reden willst. Papa und ich möchten, dass es dir gutgeht, das ist alles. Wenn dich Paris glücklich macht, dann versuchen wir das auch zu sein.«

»Ich werde es euch erklären, wenn ich wieder zurück bin, Mama. Es ist wirklich alles okay, mir geht es gut«, beschwichtigte ich sie. Und tatsächlich: Momentan war ich fast vollkommen beschwerdefrei.

»Gut, Marie, pass auf dich auf.«

»Das mache ich.«

»Ich küsse dich.«

»Ich dich auch.«

KAPITEL 2

Dann brach der vierte Tag an. André hatte erst gegen Mittag einen Termin und wir setzten uns nach dem Frühstück zusammen, um das Thema anzugehen, dessentwegen ich hier war. Wir gingen die Briefe noch einmal durch. Bei dem Foto, das Victor und mich bei der Vernissage zeigte, stutzte André plötzlich und deutete auf das Gemälde im Hintergrund.

»Moment mal, den Künstler kenne ich!«

»Das Bild ist von Laurent Baptiste«, sagte ich, »eine Kollegin von Johanna hat das recherchiert.«

»Ja, das stimmt«, erwiderte er erstaunt, »das ist sein Malstil. Ich war auf einer seiner Vernissagen. Ich kenne ihn.«

Wir schauten uns an.

Ich bekam Herzklopfen. »Das heißt, du kennst ihn persönlich?«

»Allerdings. Laurent sollte damals bei einer Kampagne mitmachen, aus der am Ende leider nichts geworden ist. Aber wir haben uns trotzdem gut verstanden.«

»Das ist ja echt unglaublich. Schon wieder so ein Zufall.«

»In diesem Fall tatsächlich. Mit der Kunstszene habe ich nämlich sonst nicht besonders viel zu tun.«

»Kannst du mir seine Adresse geben?«

»Ich kann ihn sogar für dich anrufen, wenn du möchtest.«

»Das wäre toll. Du bist ein Schatz!«

Zwei Tage später stand ich vor Laurents Haustür. André hatte ihn angerufen und gleich ein Treffen vereinbart. Es war wirklich Wahnsinn. Er hatte mir sogar angeboten, mich zu begleiten. Aber ab hier wollte ich mich der Sache alleine stellen. Mein alter Freund hatte sicherlich genug um die Ohren. Es war sowieso erstaunlich, wie herzlich er mich nach all den Jahren bei sich aufnahm. Echte Freundschaft verjährt eben nicht. Kitschig, aber wahr. Ich drückte den Klingelknopf. Wie ich wohl ohne Andrés sprachliche Unterstützung zurechtkommen würde?

Ich weiß nicht, was ich erwartet hatte. Das jedenfalls nicht. Als ich das vermeintliche Künstleratelier betrat, fand ich mich in einem Wohnzimmer wieder. Gemütlich und grundsolide, wie man es in jedem Durchschnittshaushalt vorfinden würde. Wolldecken lagen zusammengeknuddelt auf dem Sofa und über den Boden waren Spielsachen verteilt.

Laurent musste meine Überraschung bemerkt haben, denn er grinste und sagte auf Französisch: »Ich arbeite hier nicht nur, sondern ich wohne hier auch mit meiner Familie. Meine Frau ist Lehrerin und hält nicht viel von dem Chichi der Kunstszene. Komm, ich zeig dir das Zimmer, in dem ich male.«

Laurent führte mich in den Raum, in dem er arbeitete. Er war nicht gerade riesig, hatte aber eine große Fensterfront.

»Hier habe ich das nötige Licht«, erklärte er mir. »Wenn die Bilder fertig sind, bringe ich sie zu einem befreundeten Galeristen, der sie für mich lagert, bis sie ausgestellt oder verkauft werden.«

Auf der Staffelei befand sich ein fast vollendetes Werk, dessen Motive und Technik mich an das Bild auf dem Foto erinnerten. Abstrakte Malerei, die aus einer Komposition scheinbar disharmonischer Farben und Formen bestand. Ich mochte es.

»Du musst mir sagen, wenn du etwas nicht verstehst oder wenn ich zu schnell rede«, sagte Laurent.

Ich nickte und sagte: »Kein Problem.«

Es war tatsächlich keins.

Nachdem er mir ein paar interessante Geschichten über seine Arbeit erzählt hatte, beschloss ich, mit der Tür ins Haus zu fallen. Ich zog das Foto aus der Tasche und bat ihn, es sich anzuschauen.

Irritiert warf er erst einen Blick auf das Foto, dann auf mich und dann wieder auf das Foto. »Du kennst Victor Dupont?«, fragte er mich erstaunt. Der Name jagte mir eine Gänsehaut über den Rücken. Dann weiteten sich seine Augen vor Überraschung. »Das ist ja ... Das kann doch nicht sein ... Von wem ist das Bild an der Wand?«

Hilflos zuckte ich mit den Schultern.

»Das ist mein Stil, aber nicht mein Werk.« Scharf schaute mich Laurent an.

»Ich weiß es nicht«, sagte ich wahrheitsgemäß. »Ich kenne weder das Bild noch die Galerie noch diesen Victor Dupont. Genau deshalb bin ich hier.«

Und dann erzählte ich ihm, so gut ich konnte, was in den letzten Monaten passiert war.

Fasziniert lauschte Laurent meinen Worten. Am Ende holte er tief Luft. »Mon dieu, das ist ja eine ganz und gar unglaubliche Geschichte! Ich kann verstehen, dass du hier bist.« Dann grinste er plötzlich. »Wer auch immer dieses Bild in meinem Namen gemalt hat, er hat gute Arbeit geleistet. Vielleicht sollte ich ihn kopieren.«

Mit dieser Reaktion hatte ich als Letztes gerechnet. »Bist du nicht... irgendwie überrascht oder wütend?«

»Überrascht allerdings«, lachte er, »aber wütend? Eine Fälschung ist das größte Kompliment, das man einem Künstler machen kann. Warum sollte ich mich also aufregen? Eine Provision wäre allerdings nicht schlecht gewesen«, fügte er augenzwinkernd hinzu.

Ich lächelte gequält.

Als Laurent bemerkte, wie sehr mich die Sache aufwühlte, wurde er wieder ernst. »Ich habe noch nie bei Victor Dupont ausgestellt, kenne aber seine Galerie. In der Kunstszene von Paris hat er einen nicht unbedeutenden Namen. Ich schreibe dir gern die Adresse auf und dann kannst du der Sache auf den Grund gehen.«

Ich nickte dankbar.

Er schaute mich eine Weile an und legte mir schließlich die Hand auf die Schulter. »Das ist alles sehr sonderbar, geradezu unerklärlich. Aber wenn es nur eine Wahrheit gäbe, könnte man nicht hundert Bilder dazu malen. Das hat Picasso gesagt. Wie uninspirierend wäre das Leben, hätte es keine Geheimnisse mehr.« Das hatte Laurent gesagt.

André freute sich, als ich ihm in einem kurzen Telefonat von dem aufschlussreichen Treffen mit Laurent erzählte.

»Du hast sogar eine Adresse bekommen? Wahnsinn!«

»Ja, ich bin schon total nervös. Irgendwie geht das alles so schnell.«

»Ist doch super!«

»Ich weiß nicht. Es ist ... unheimlich.«

»Ach, was. Und wenn schon. Genau deswegen bist du doch hier.«

»Hmm.«

»Weißt du was? Lass uns heute Abend ausgehen. Um auf andere Gedanken zu kommen. Außerdem muss ich dir jemanden vorstellen.« Ich konnte ihn förmlich lächeln hören. »Neues Date?«

»Ja. Aber was für eins! Du wirst ihn mögen.«

Wir trafen uns in einer kleinen, überfüllten Bar.

»Da ist er«, sagte André und legte einem schlanken Mann, der sich gerade über den Tresen beugte, die Hand auf die Schulter. Dieser drehte sich um, küsste André und lächelte mich freundlich an. »Darf ich vorstellen: Louis – Marie, Marie – Louis.« André sah glücklich aus.

Ich begrüßte Louis mit einem herzlichen »Salut« und drückte ihm zwei Küsschen auf die Wange.

»Freut mich, dich kennenzulernen, Marie«, sagte er. »Was möchtest du trinken?«

Der Abend wurde schön, trotz der Erschöpfung, die ich in allen Gliedern spürte. Louis und ich verstanden uns auf Anhieb und waren den ganzen Abend unzertrennlich. Er war Arzt und erzählte mir allerlei obskure Anekdoten aus seinem Krankenhausalltag. Ich hatte

André gebeten, ihm zunächst nichts von meiner Krankheit und dem Grund meines Besuchs zu sagen. Stattdessen erzählte ich Louis von Johanna und den Umständen, unter denen wir uns kennengelernt hatten. Während ich das tat, merkte ich, wie sehr ich sie vermisste. Und mir fiel ein, dass ich ihr noch gar nichts von dem Ergebnis des heutigen Treffens erzählt hatte. Irgendwie schien mein Leben in Hamburg gerade sehr weit weg zu sein. Beinahe ein wenig unwirklich.

»Wollt ihr Kinder?«, fragte mich Louis unvermittelt.

Ich überlegte kurz. »Na ja, wir haben das Thema ab und zu mal gestreift, aber nie konkret darüber geredet. Ich könnte mir das schon vorstellen und Johanna bestimmt auch. Aber wie das oft so ist: Eigentlich könnte man, eigentlich spräche nichts dagegen und dennoch hat man das Gefühl, irgendwie ist man noch nicht so weit. Und du?«

Louis seufzte. »Ich würde gerne. Irgendwann. Aber als schwuler Mann deinen Traum von einem Kind zu verwirklichen ist nicht gerade das einfachste Ziel.«

»Und ein Kind adoptieren?«

»Wäre eine Möglichkeit, ist aber hier sehr schwierig. Wie in Deutschland wahrscheinlich auch, oder?«

»Ja, leider. Es gibt aber noch eine andere Möglichkeit: ein Pflegekind. Ich habe mal ein schwules Paar interviewt, bei dem zwei Pflegekinder aufgewachsen sind, bis sie volljährig waren. Obwohl die beiden sich mit ziemlich viel Bürokratie rumschlagen mussten, waren sie sehr glücklich.«

Es war interessant, sich mit Louis über das Thema zu unterhalten. Sich überhaupt einmal Gedanken darüber zu machen. Zwischendurch ertappte ich mich dabei, wie ich mir André mit einer Babytrage vor dem Bauch vorstellte. Ziemlich ungewohnt. Aber warum eigentlich nicht?

Als uns nach ein paar Stunden fast die Augen zufielen, beschlossen wir, nach Hause zu gehen. Zum Glück lag Andrés Wohnung gleich um die Ecke.

Kaum angekommen, ließ ich mich ins Bett sinken und fiel in einen tiefen und traumlosen Schlaf.

Irgendwann weckten mich die morgendlichen Geräusche der Stadt. Schlaftrunken wankte ich ins Bad und dann in die Küche. André saß dort bei einer Tasse Kaffee und musterte mich mit einem seltsamen Gesichtsausdruck. Ich murmelte ein »Guten Morgen« und nahm mir ebenfalls eine Tasse.

»Sag mal, Marie, warst du heute Nacht wach?«

»Ich habe geschlafen wie ein Baby.« Ich gähnte.

»Du hast nicht gelesen oder so was?«

»Nein, wie kommst du darauf? Der Tag gestern hat mir wirklich den Rest gegeben.«

»Na ja«, meinte André nachdenklich, »Louis ist nachts mal aufgestanden. Da hat er Geräusche aus deinem Zimmer gehört. Du hast geredet.«

»Ach so«, sagte ich und lachte. »Ich brabbel manchmal im Schlaf vor mich hin. Wirres und unverständliches Zeug.«

»Er meinte, er konnte dich klar und deutlich verstehen. Du hast eine Rede gehalten. Über ein Kunstwerk von Laurent Baptiste.«

»Aha«, antwortete ich und blinzelte erstaunt, »wahrscheinlich ist mir das Treffen gestern zu Kopf gestiegen … Aber seltsam, ich habe Louis doch gar nichts von dem Künstler erzählt. Du etwa?«

»Nein.«

»Versteht Louis denn Deutsch?«

»Nein.«

Fragend schaute ich ihn an.

»Du hast fließend Französisch gesprochen.«

KAPITEL 3

30 Rue de Seine, Saint-Germain-des-Prés. Diese Adresse hatte mir Laurent auf einem Blatt Papier notiert. Es fühlte sich klamm an, meine Hände schwitzten. Je näher ich meinem Ziel kam, desto nervöser wurde ich. Zur Beruhigung war ich ein bisschen die Seine entlanggelaufen, hatte den Pont du Carrousel beim Louvre überquert und schlenderte durch das alte Künstler- und Literatenviertel Saint-Germain-des-Prés. Zu einem anderen Zeitpunkt hätte mich der Gedanke fasziniert, dass hier einst Simone de Beauvoir, Camus und Sartre beim Kaffee gesessen und über Existenz und Freiheit debattiert hatten. Heute musste ich mich zwingen, überhaupt nach links und rechts zu schauen. Eine Galerie nach der anderen säumte die Gassen und kulturverliebte Touristen irrten mit Stadtplänen vor der Nase umher.

Ich bog in die Rue de Seine ein, eine etwas größere Straße, in der es entsprechend geschäftiger zuging. Autos hupten und ein Mann, der wild auf sein Handy einredete, hätte mich beinahe umgerannt. Ein »Pardon« murmelnd lief er weiter. Dann stand ich plötzlich vor der Hausnummer 30: Galerie Dupont. Mein Herz schlug bis zum Hals. Ich atmete tief durch und öffnete die Tür.

Eine beruhigende Kühle empfing mich. Vor mir öffnete sich ein großer, weitläufiger Raum in schlichtem Weiß. In großzügigen Abständen hingen zeitgenössische Gemälde an den Wänden. Im Hintergrund lief leise ein Radio.

Plötzlich berührte mich eine Hand am Arm. Ich schreckte herum. Neben der Tür saß eine alte Frau mit schlohweißen Haaren. In meiner blinden Aufregung hatte ich sie beim Eintreten nicht bemerkt. Selig lächelte sie mich an und sagte auf Französisch: »Da bist du ja, Marie.«

Fast wäre ich rückwärts wieder aus der Tür gestolpert. Im selben Moment hörte ich herbeieilende Schritte und eine tiefe Männerstimme: »Maman, lass doch die Dame in Frieden. Du weißt, dass das nicht ...«

Ich hob langsam den Blick. Vor mir stand ein großer Mann mit markanten Gesichtszügen und durchdringenden dunklen Augen: Victor Dupont. Ich erkannte ihn sofort. Er sah aus wie auf dem Foto, mit dem Unterschied, dass er die Haare inzwischen kurz trug.

Er stockte und schaute mich an. Dann errötete er leicht und sagte mit einem breiten Grinsen: »Entschuldigen Sie bitte, meine Mutter ist manchmal ein wenig verwirrt.« Er beugte sich zu ihr hinunter und redete sanft auf sie ein: »Maman, die Dame heißt nicht Marie, sie ...«

»Doch«, unterbrach ich ihn mit tonloser Stimme, »ich heiße Marie. Marie Kluge.«

Dann riss ich die Tür auf und rannte panisch die Straße hinunter. Ich rannte wie eine Irre, die Leute starrten hinter mir her.

Erst drei Straßen weiter hielt ich an. Schwer atmend

legte ich meine Hände auf die Knie. Mein Herz hämmerte gegen den Brustkorb. Langsam, ganz langsam beruhigte ich mich und nahm schemenhaft die Umgebung war. »Du spinnst«, keuchte ich. »Du spinnst komplett.«

Von ferne hörte ich eine Männerstimme: »Marie, warte ... warten Sie doch!« Nach einer Weile kam Victor schnaufend vor mir zum Stehen.

»Warum laufen Sie hinter mir her?«, fuhr ich ihn an.

»Warum laufen Sie vor mir weg?«, erwiderte er lachend. Als ich nichts entgegnete, fügte er in beinahe perfektem Deutsch hinzu: »Entschuldigen Sie, wir kennen uns ja eigentlich gar nicht. Ich will nicht aufdringlich sein. Aber ich erlebe es nun mal nicht alle Tage, dass eine Frau vor mir davonläuft.«

Angeber. Wir schauten uns einen Moment lang an, dann streckte er mir die Hand entgegen: »Ich bin Victor. Darf ich ›Du‹ sagen?«

Statt einer Antwort fragte ich: »Warum hat mich deine Mutter Marie genannt?«

»Ach so«, sagte er und lachte wieder. »Hat sie dir etwa Angst eingejagt? Seit sie an Altersdemenz leidet, spricht sie fast täglich von einer Marie. Ich habe keine Ahnung, wen sie meint, vielleicht eine alte Jugendfreundin. Was für ein Zufall, dass ausgerechnet du Marie heißt.«

Ich schluckte.

»Tut mir leid«, fügte er hinzu, »Maman ist wirklich ganz harmlos. Sie sitzt gerne bei mir in der Galerie und lächelt die Besucher an.«

»Wieso sprichst du so gut Deutsch?«

»Ich habe ein paar Jahre in Berlin studiert – Kunst und Museumsmanagement, wie man sich unschwer vorstellen kann. War eine tolle Zeit damals. Ich bin froh, dass meine Sprachkenntnisse nicht vollkommen eingerostet sind.«

»Du sprichst perfekt.«

»Danke. Meinen französischen Akzent benutze ich eigentlich nur, um hübsche Frauen aus der Fassung zu bringen.« Er grinste frech.

»Das funktioniert mit meinem deutschen auch«, erwiderte ich trocken. Das Eis war gebrochen.

»Darf ich dich auf den Schreck zu einem Espresso in der Galerie einladen?«, fragte mich Victor.

Ich zögerte kurz und nickte dann.

Wir liefen nebeneinander zurück wie ein Pärchen, das sich frisch versöhnt hat. Seine Mutter lächelte, als wir durch die Tür traten, sagte aber nichts. Victor führte mich durch die Galerie, zeigte mir die Ausstellungsstücke und erzählte mir, wie es zu all dem gekommen war.

»Am Anfang war es ein ziemlich harter Kampf. Ich kam frisch von der Uni und hätte eigentlich erst einmal in anderen Galerien und Museen Erfahrungen sammeln sollen. Stattdessen hatte ich mir in den Kopf gesetzt, sofort meine eigene Galerie zu eröffnen. Mit ein bisschen Erspartem und einem fetten Kredit von der Bank hab ich dann losgelegt. Dass es einmal so gut laufen würde, ist wohl vor allem großem Glück und guten Freunden zu verdanken.«

Während Victor mir das alles erzählte, beobachtete ich ihn unauffällig. Es war, als ob das Foto, das ich vor ein paar Monaten in dem weißen Umschlag gefunden hatte, lebendig geworden wäre. Unwirklich und beängstigend.

Und trotzdem fühlte es sich auf unerklärliche Weise real und natürlich an. Beinahe vertraut. Es war einer dieser Momente, in denen man sich am liebsten kneifen würde. Ich hatte das Bedürfnis, ihn am Arm zu berühren. Um mich zu vergewissern, dass ich wirklich nicht träumte.

Ein Kunde betrat die Galerie und Victor sagte: »Entschuldige mich bitte einen Moment.«

Während er sein Verkaufsgespräch führte, schlenderte ich langsam von einem Bild zum nächsten. Ab und zu warf ich der Mutter, die immer noch friedlich am Eingang saß, verstohlene Blicke zu. Victor hatte ihr einen Tee gebracht und sie summte zufrieden vor sich hin, während sie daran nippte. Dann lächelte sie mich plötzlich an. Ich fühlte mich ertappt und schaute schnell in die andere Richtung. In dem Moment tauchte Victor wieder neben mir auf und sagte: »Morgen Abend findet hier eine Vernissage statt. Möchtest du kommen?«

Ich zögerte. »Darf ich meinen Freund mitbringen?«, fragte ich schließlich.

Er verzog kurz das Gesicht, beeilte sich aber zu sagen: »Klar, warum nicht.«

»Er ist schwul«, fügte ich hinzu, ohne zu wissen, warum ich das so betonte.

KAPITEL 4

André schaute mich mit großen Augen an, als ich ihm von meinem Erlebnis in der Galerie erzählte. »Und sie hat dich wirklich Marie genannt?«

»Ja. Unheimlich, nicht wahr?«

»Kein Wunder, dass du die Flucht ergriffen hast.«

»Ich kann es immer noch nicht glauben.«

»Und wie hat sich das angefühlt mit Victor und dir? Ich meine, war das nicht seltsam?«

»Und wie. Aber gleichzeitig war es auch ... so selbstverständlich. Als wäre es nie anders gewesen.« Als ich Andrés ungläubiges Gesicht sah, fügte ich hinzu: »Ich weiß, das klingt verrückt. Vielleicht ist es das auch.«

»Hattest du das Gefühl, dass es da eine Anziehung gab zwischen euch?«

»Ach, keine Ahnung«, erwiderte ich ausweichend. »Irgendwas war da, sonst wäre er ja nicht hinter mir hergelaufen. Aber eigentlich will ich gar nicht so genau darüber nachdenken. Er war ein bisschen sehr von sich überzeugt. Und außerdem: Welche Rolle spielt das schon?«

André kam nicht dazu, etwas zu erwidern, denn mein Handy klingelte. »Johanna« zeigte das Display. Ich bekam einen Schreck – ich hatte vollkommen vergessen, sie anzurufen.

»Warum hast du nicht angerufen?«, fragte meine Freundin auch sofort nach einer kurzen Begrüßung. »Du wolltest mir doch von dem Gespräch mit dem Künstler erzählen.«

»Tut mir leid, Schatz, ich war einfach so müde«, erwiderte ich ausweichend. »Ich wollte mich eigentlich noch melden, es ging nur plötzlich alles Schlag auf Schlag.«

»Na gut«, sagte Johanna nach einer kurzen Pause, »dann erzähl.«

»Laurent konnte mir tatsächlich weiterhelfen.«

»Was hat er zu dem Bild auf dem Foto gesagt?«

»Das Bild ist nicht von ihm, er hält es für eine ziemlich gute Fälschung.«

»Ah, okay.«

»In der Galerie, die auf dem Foto zu sehen ist, hat er noch nie ausgestellt, kennt aber den Besitzer.« Bewusst vermied ich den Namen Victor.

»Tatsächlich?«

»Er hat mir die Adresse gegeben und ich bin heute Vormittag dorthin gefahren.«

Schweigen. »Das ging aber schnell«, sagte Johanna schließlich. »Und?«

Ich erzählte ihr in knappen Sätzen, was passiert war. Allerdings in einer gemäßigteren Version als der, die André gehört hatte. Aus irgendeinem Grund hielt ich es für besser, ihr nichts von der alten Frau und meiner Panikattacke zu erzählen.

»Dann gibt es diesen Victor also wirklich«, stellte sie nüchtern fest.

»Ja«, sagte ich knapp. Ich wusste nicht so richtig, wie ich ihren Tonfall deuten sollte.

»Hat dich jemand erkannt?«

»Wie meinst du das?«

»Ich meine, ob du jemandem bekannt vorkamst. Von wegen Zwilling und so.«

»Ach so. Nein, niemandem.« Außer der alten, verwirrten Frau vielleicht. Aber das wäre ja …

»Dann fällt diese Erklärung also schon mal weg. War ja eh sehr unwahrscheinlich … Hat es dir sonst irgendwelche neuen Erkenntnisse gebracht?«

»Ehrlich gesagt, nein«, antwortete ich wahrheitsgemäß. »Ich habe ihm … Victor natürlich nichts erzählt von der ganzen Sache. Er kannte mich nicht und hätte mich wahrscheinlich für verrückt erklärt, wenn ich ihm das Foto unter die Nase gehalten hätte.«

»Meinst du, du kannst noch mehr herausfinden?«

»Er hat André und mich morgen Abend zu einer Vernissage eingeladen. Vielleicht erfahre ich da mehr.«

»Okay.« Das hörte sich sehr, sehr müde an.

»Ich vermisse dich.«

»Ich dich auch. Pass auf dich auf.«

»Ach ja, wir gehen zu einer Vernissage?«, fragte André, nachdem ich aufgelegt und ihm von der Einladung erzählt hatte.

»Du musst unbedingt mitkommen«, seufzte ich. »Ich kann da unmöglich allein hin.«

Die Galerie war zum Bersten gefüllt, als wir am nächsten Abend dort eintrafen. Victor schien einen großen Kunden- und Freundeskreis zu haben. Ich hatte wieder einmal Herzklopfen. André zwinkerte mir zu, er hatte bemerkt, wie aufgeregt ich war. Um uns herum standen Männer in teuren Anzügen und Frauen in eleganten Cocktailkleidern. Ich kam mir ziemlich underdressed vor in meinem schlichten Kleid, das ich vor der Reise achtlos in den Koffer geworfen hatte.

Victor war umgeben von einer kleinen Menschentraube und unterhielt sie mit großen Gesten. Zu seiner Linken stand ein schmaler Mann mit langen Haaren, Hut und Trenchcoat. Er entsprach schon eher meiner Vorstellung eines Künstlers. Rechts hatte sich eine große, schlanke Frau in einem edlen Spitzenkleid bei ihm eingehakt. Wenn sie lachte, warf sie kokett ihre langen blonden Locken in den Nacken. Und sie lachte oft. Es gab mir einen Stich, ohne dass ich wusste, warum.

André stieß mich leicht in die Seite und grinste. Direkt vor mir stand ein junger Mann und bot uns auf einem Tablett Champagner an. Ich hatte ihn gar nicht bemerkt. Wir nahmen uns ein Glas und André bedankte sich mit einem vielsagenden Augenzwinkern. »Schon allein wegen des hübschen Kellners hat sich der Besuch gelohnt«, flüsterte er mir ins Ohr. Typisch.

Ich ging langsam auf Victor zu und legte ihm in einer Gesprächspause vorsichtig die Hand auf die Schulter, um auf uns aufmerksam zu machen. Er drehte sich um und lächelte breit, als er mich sah, drückte mir zwei Küsschen auf die Wange und hielt André die Hand entgegen. Dann zog er mich in den Kreis. Dabei geriet ich zwischen ihn und seine Begleiterin, was mir unangenehm war. Sie quittierte es mit einem vollendeten Lächeln.

»Darf ich vorstellen? Das sind Marie und ihr Freund André, Kunstliebhaber und Freunde aus Deutschland«, verkündete Victor.

Aha. Mein Gott, war mir das peinlich. Verlegen murmelte ich ein »Bonsoir«. André hingegen war in seinem Element. In zauberhaftem Französisch machte er eine Bemerkung, die alle zum Lachen brachte und von meinem feuerroten Gesicht ablenkte. Ich hätte ihn knutschen können.

Victor, der bemerkt hatte, wie verlegen ich war, drehte sich zu mir. »Ich freue mich, dass du hier bist.«

»Du bist also Marie aus Deutschland«, hörte ich eine Stimme hinter mir, noch bevor ich etwas erwidern konnte. »Je suis Lucie.« Die blonde Schönheit streckte mir ihre gepflegte, schlanke Hand entgegen. Sie überragte mich deutlich, was nur zum Teil an ihren Stilettos lag.

Ich hatte meine Gesichtsfarbe wieder unter Kontrolle und lächelte Lucie an. »Freut mich, dich kennenzulernen.« Warum auch nicht?

Es folgte ein gepflegter Smalltalk, Lucie lobte mich für mein tolles Französisch und ich machte ihr Komplimente zu ihrem bezaubernden Kleid. Der Rest des Gesprächs drehte sich um das Wetter und die Sehenswürdigkeiten in Paris. Erlöse mich, flehte ich André mit unauffälligen Seitenblicken an, doch Victor kam ihm zuvor.

Er hatte sich in die Mitte der Galerie gestellt und klopfte an sein Champagnerglas. Neben ihm hatte sich der Künstler postiert, um den sich an diesem Abend alles drehte. Angesichts der Tatsache, dass er und seine Werke im Mittelpunkt standen, machte er einen ziemlich desinteressierten Eindruck. Dafür war Victor umso charmanter und hielt eine mitreißende Laudatio. Am Ende erntete er großen Applaus und ich war mir sicher, dass er schon jetzt die Hälfte der Bilder verkauft hatte.

Der Rest des Abends wurde unterhaltsam. Meine Anspannung wich einer zwanglosen Champagnerlaune, die ersten Jacketts wurden gelüftet und der DJ bekam alle Hände voll zu tun. Am Ende tanzten André und ich inmitten einer Gruppe angeheiterter Großstadt-Yuppies, die laut die französischen Texte mitsang. Lucie und Victor hatten sich zu uns gesellt und ich kam nicht umhin, ihm das eine oder andere Lächeln zuzuwerfen. Der Alkohol musste mir wohl zu Kopf gestiegen sein.

»Er ist attraktiv, humorvoll und weiß, was er will«, fasste André seine Eindrücke von Victor zusammen, als wir im Taxi nach Hause saßen. »Außerdem steht er auf dich.«

»Was, wie kommst du denn darauf?«, erwiderte ich und schaute ihn ehrlich erstaunt an. »Warum sollte er? Hast du seine Freundin gesehen? Wahrscheinlich ist sie nicht nur bildschön, sondern auch noch intelligent und erfolgreich. Was sollte ich haben, was sie nicht hat?«

»Keine Ahnung«, erwiderte André grinsend. »Aber er scheint es zu wissen.«

Ich stieß ihn in die Seite und wir lachten.

»Mensch, André, wie hältst du's bloß in dieser Bussi-Gesellschaft aus? Ja, ja, sag nichts, dir gefällt dieser ganze Affenzirkus wahrscheinlich sogar.«

»Ach, komm«, erwiderte er grinsend, »du hast dich doch auch amüsiert. Für mich ist das halt business as usual. Ich habe heute Abend mit drei Geschäftsführern mittelständischer Unternehmen geplaudert und davon mindestens einen akquiriert. Wenn du in diesem Spiel erfolgreich sein willst, musst du es lieben lernen.« Auf meinen skeptischen Seitenblick fügte er grinsend hinzu: »Außerdem war der Kellner ganz süß, oder etwa nicht?«

KAPITEL 5

Während mir die Morgensonne ins Gesicht schien, dachte ich darüber nach, was André gestern Abend gesagt hatte. Sollte Victor tatsächlich Interesse an mir haben? Ja, es gab diese Anziehung zwischen uns. Eine Kraft, die mich einerseits faszinierte, andererseits abschreckte. Sie war mir unheimlich. Und ich konnte sie mir nicht erklären. Victor und ich lebten in zwei völlig unterschiedlichen Welten. Glanz, Glamour und Chichi hatte ich noch nie etwas abgewinnen können, während er vollkommen in seinem Element war. Typen wie er waren mir bisher immer als aufgeblasen und oberflächlich erschienen. Dass er sich so liebevoll um seine Mutter kümmerte, passte überhaupt nicht ins Bild. Ich wusste nicht, was ich von ihm halten sollte. Wieso interessierte mich das überhaupt? In diesem Moment klingelte mein Handy. Victor war dran. Hatte ich ihm etwa meine Nummer gegeben?

»Bonjour, Marie.«

»Bonjour.«

»Seid ihr gut nach Hause gekommen?«

»Ja, danke. War ein interessanter Abend gestern.«

»Das freut mich. Ich hoffe, du hast dich amüsiert.«

»Auf jeden Fall.«

»Sag mal, kennst du eigentlich schon die Katakomben von Paris?«

»Nein. Wieso?«

»Dann musst du heute Abend unbedingt mitkommen! Wer diese Stadt so richtig kennenlernen will, muss sie mindestens einmal von unten gesehen haben.«

»Aha.«

»Die Pariser haben seit jeher ein besonderes Verhältnis zu allem, was unter der Erde steckt. Wenn du mal eine Party in Gesellschaft von uralten Schädeln und Gebeinen miterleben möchtest, dann ist heute die perfekte Gelegenheit dazu.«

»Na, das hört sich ja einladend an«, erwiderte ich trocken, »da kann ich wohl kaum Nein sagen.«

»Wenn André Lust hat, kann er sich gerne anschließen«, fügte Victor hinzu. »Lucie kommt auch mit.«

Ich schwieg einen Augenblick und fragte dann sehr direkt: »Und sie findet es in Ordnung, dass ich dabei bin?«

Victor wirkte erst irritiert, lachte dann aber. »Ach, jetzt verstehe ich! Dieses Biest. Hat sie dir etwa nicht gesagt, dass wir beste Freunde sind? Wir kennen uns seit der Grundschule. Alles andere wäre einfach undenkbar.«

»Bist du dir sicher, dass sie das genauso sieht?«

»Allerdings. Aber sie liebt es, die Frauen, die mich interessieren, auf die Probe zu stellen.«

Die Frauen, die ihn interessieren also. Ah ja.

»Lass mich raten, ihr habt übers Wetter geplaudert und über die Sehenswürdigkeiten von Paris.«

»Stimmt.«

»Das ist ihre Masche: Oberflächlichkeit und gespieltes Desinteresse. Mach dir keine Gedanken. Also: Kommst du heute Abend mit?«

»Na, schön«, antwortete ich etwas überrumpelt. »Ich kann die Begegnung mit der Schädelsammlung kaum erwarten.«

André hatte keine Zeit, also machte ich mich gegen Abend allein auf den Weg ins vierzehnte Arrondissement, wo sich einer der Eingänge zu dem unterirdischen Labyrinth befand. Victor und Lucie warteten bereits auf mich. Lucie sah ganz anders aus als gestern, trug eine abgewetzte Jeans und hatte ihre Lockenmähne in einem Zopf gebändigt. Als wollte sie die Oberflächlichkeit vom vergangenen Abend wettmachen, lächelte sie mich herzlich an und drückte mich.

Victor grinste. »Na, dann auf in den Untergrund, meine Damen!« In seiner Wachsjacke, mit der Stirnlampe und den dicken grünen Gummistiefeln hätte er jedem Kanalarbeiter Konkurrenz machen können. Eitel schien er also schon mal nicht zu sein. Ein Sympathiepunkt mehr.

Wir stiegen auf einer Leiter den dunklen Schacht hinab in die Katakomben. Auch Lucie hatte eine Lampe dabei, weshalb mich die beiden in die Mitte nahmen.

»Ist das eigentlich erlaubt?«, flüsterte ich. Mir war schummerig zumute.

»Das ist wohl Auslegungssache«, antwortete Lucie von oben und Victor lachte.

Langsam verstummten die Geräusche der Stadt und eine kühle Dunkelheit nahm uns in Empfang. Es war feucht und modriger Geruch vernebelte die Sinne. Ich fühlte mich wie in einen dichten Schleier gehüllt, der nur unsere eigenen Geräusche durchließ. Dann waren wir unten. Ein Labyrinth von Gängen eröffnete sich im Schein unserer Lampen.

»Und ihr seid euch sicher, dass wir wieder zurückfinden?«, fragte ich zweifelnd.

»Na ja«, antwortete Victor mit einem abgründigen Unterton, »das hängt von der Stimmung der Höhlengeister ab. In der Regel geben sie sich mit einem Menschenopfer zufrieden. Was glaubst du, warum wir dich mitgenommen haben?«

Wir lachten und ich stieß ihn in die Seite. Ein bisschen unheimlich war mir trotzdem zumute.

Ich folgte Victor, der mit seiner Stirnlampe vorausging. Hinter mir erhellte Lucie mit ihrer Grubenlampe den Tunnel. Wir mussten uns leicht bücken, um nicht mit dem Kopf anzustoßen. Während wir uns immer tiefer in den Untergrund vorarbeiteten, erzählte mir Victor die Geschichte des Höhlensystems, die bis in die Römerzeit zurückreichte. Jahrhundertelang wurden hier unten Kalkstein und Gips abgebaut, sodass geräumige unterirdische Höhlen entstanden. Und als die Pariser Friedhöfe im achtzehnten Jahrhundert aus allen Nähten platzten, wurden die alten Gräber geöffnet und die exhumierten Gebeine kurzerhand in die riesigen Katakomben geschüttet. Erst hundert Jahre später wurde Ordnung geschaffen und wurden die Massen an Schädeln und Knochen so gut es ging sortiert und gestapelt.

»Trotzdem konnte man nicht alle Toten besänftigen«,

flüsterte Victor. »Man sagt, es geistern immer noch verlorene Seelen umher, die verzweifelt nach ihren Gebeinen suchen.«

Diesmal lachten wir nur ganz leise.

Wie herbeigerufen, öffnete sich ein atemberaubendes Grabgewölbe vor unseren Augen. Schädel, Schienbein- und Oberschenkelknochen waren sorgfältig an langen Wänden aufgestapelt und reichten bis unter die Decke. Als ob man mit menschlicher Akribie die Unerbittlichkeit und Zwangsläufigkeit des Todes überspielen wollte. Der Geruch von Feuchtigkeit und Schimmel lag in der Luft. Ich schaute mich vorsichtig um und ließ die morbide Anziehungskraft dieses Ortes auf mich wirken. Mir war, als würden uns Tausende leere Augenpaare entgegenstarren. Die Zeugen vergangener Zeiten.

»Hier unten liegen fast dreimal so viele Franzosen, wie über unseren Köpfen leben«, erklärte Lucie andächtig. »Dieser Ort ist zeitlos.«

Mich fröstelte. Plötzlich erlosch das Licht.

Ein eisiger Schreck durchfuhr mich. »Victor? Lucie?«

Es war totenstill. Wie eine bleierne Umarmung legte sich die Dunkelheit auf meine Glieder. Ich verlor die Orientierung und wusste plötzlich nicht mehr, ob ich wach war oder träumte. Panik stieg in mir auf. Dann sah ich sie. Zwei glühende Punkte, die in der tiefschwarzen Finsternis aufloderten. Ein Schatten, der sich langsam auf mich zubewegte. Wie gelähmt starrte ich ihn an. Je näher er kam, desto größer wurde die furchtbare Gewissheit: Etwas hatte sich aus den Gebeinen der Katakomben gelöst und steuerte auf mich zu. Der zu einer brennenden Fratze verzogene Schädel stierte mich an.

Gleich würden sich die kalten Knochen einer Hand um meinen Hals legen. Gleich …

Ich starrte in Victors Gesicht. Das Licht war wieder angegangen. Halb erschrocken, halb belustigt lachte er mich an. »Ist ja gut, Marie, das war doch nur ein Scherz. Beruhige dich.«

Erst jetzt wurde mir bewusst, dass ich wie wahnsinnig schrie.

Er nahm mich in den Arm und drückte meinen zitternden Körper an sich. »Es ist nichts passiert … Tut mir leid.«

Ich stieß ihn von mir weg. Mein Herz raste immer noch wie verrückt.

Auch Lucie hatte gelacht, schaute mich jetzt aber erschrocken an, mein Gesicht musste leichenblass sein. Sie legte mir eine Hand auf die Schulter. »Hey, wir wollten dir keine Angst machen.«

»Seid ihr völlig daneben?«, presste ich bebend hervor.

»Marie, entschuldige«, sagte Lucie ernst, »das wollten wir wirklich nicht. Es gehört zum Aufnahmeritual, Neuankömmlingen hier unten einen kleinen Schreck einzujagen.«

»Und dafür benutzt ihr einen brennenden Schädel? Ein bisschen zu makaber für meinen Geschmack.«

Lucie und Victor schauten sich verständnislos an. »Von welchem Schädel redest du?«, fragte Victor.

»Ihr könnt mit euren Spielchen aufhören«, erwiderte ich. »Wie macht ihr das, mit Kerzen? Sieht wirklich täuschend echt aus.«

Die beiden schwiegen und guckten verwirrt.

»Ehrlich, Marie«, sagte Victor schließlich, »wir haben keinen Schädel. Guck!«

Er hielt mir die leeren Hände entgegen. Auch Lucie trug nichts als die Lampe.

Entgeistert schaute ich mich um. Natürlich waren hier jede Menge Schädel und Knochen. Aber sie lagen alle fein säuberlich aufgereiht an den Wänden.

Plötzlich sagte Lucie: »Manchmal verwenden wir für das Ritual tatsächlich ein beleuchtetes Plastikskelett. Aber so sehr wollten wir dich gar nicht erschrecken. Wie kommst du nur darauf, wir hätten mit einem Schädel hantiert?« Nachdenklich musterte sie mich.

Mir wurde schummerig. Hatte ich mir das alles etwa bloß eingebildet? Aber wieso war es dann so real?

Victor brach das Schweigen mit einem entwaffnenden Lachen. »Ach, kommt, vergessen wir das Ganze. Marie, du hast was gut bei mir. Und jetzt lasst uns feiern gehen.«

Lucie drückte mich kurz und lachte ebenfalls. »Komm, das wird dir gefallen. Du glaubst gar nicht, was hier sonst noch alles los ist. Das Reich der Toten ist höchst lebendig.« Sie zwinkerte mir zu.

Ich rang mir ein gequältes Lächeln ab und folgte den beiden. Was jetzt wohl noch kommen würde? Wir liefen ein paar Gänge entlang und plötzlich waren Musik und Stimmen zu hören. Zwei Abbiegungen weiter standen wir auf einmal inmitten einer lachenden und tanzenden Menschenmenge. Wir befanden uns in einer matt beleuchteten Grotte, deren Wände mit bunten Malereien verziert waren. Kerzen standen auf Kalksteinblöcken, die zu Bänken und Tischen angeordnet waren. Ein Club unter der Erde! In einer Nische entdeckte ich den DJ, voller Ekstase vor seinen Plattentellern. Der Raum war feucht, heiß und erfüllt vom Lachen der Menschen, die sich ausgelassen zu den Rhythmen bewegten. Die meisten mochten Mitte dreißig sein und trugen von Grubenhelmen bis zu Tanzschuhen alles, was man sich vorstellen konnte.

Ein kleines Grüppchen löste sich aus der Menschentraube und begrüßte uns mit Küsschen und Umarmungen. Ein junger Mann, den ich noch dunkel von der Vernissage in Erinnerung hatte, klopfte mir grinsend auf die Schulter. »Na, Ritual gut überstanden?«

Ich nickte stumm.

Die Freunde von Lucie und Victor zogen uns auf die Tanzfläche und keine drei Sekunden später waren wir eins mit der Masse aus erhitzten Leibern. Der Schreck war nun endgültig vergessen und ich ließ mich von der aufgeladenen Stimmung mitreißen. Wir tanzten und lachten und ich spürte, wie sich Victors und meine Blicke immer häufiger kreuzten. Fast zwangsläufig berührten sich unsere Körper in dem dichten Gedränge. Einmal bekam ich von hinten einen so starken Schubs, dass ich an seine Brust gedrückt wurde.

»Hoppla«, sagte er lachend und umarmte mich leicht.

Ich konnte sein Aftershave riechen. Es weckte ein seltsam vertrautes Gefühl in mir und ich schloss kurz die Augen. Im selben Moment musste ich an Johanna denken und wandte mich eilig ab. Aus den Augenwinkeln meinte ich, Victors Enttäuschung zu erkennen, die er jedoch mit einem charmanten Lächeln überspielte.

KAPITEL 6

Als ich André anderntags von meinen Erlebnissen berichtete, staunte er nicht schlecht.

»Mensch, wenn das so unterhaltsam ist, muss ich nächstes Mal unbedingt mitkommen«, sagte er. »Bisher dachte ich immer, da unten erwarten einen nur üble Gerüche und seltsame Gestalten.« Dann runzelte er die Stirn. »Und du bist dir sicher, dass du einen Totenkopf mit brennenden Augenhöhlen gesehen hast?«

»Nein, sicher bin ich mir nicht«, seufzte ich. »Es spricht ja auch alles dagegen. Vielleicht hat mir meine Angst einfach einen Streich gespielt. Einen sehr realen allerdings.«

André taxierte mich nachdenklich.

»Aber die Party war echt der Wahnsinn. Spooky. Es hatte ein bisschen was von tanzen auf Gräbern. Nur vielleicht nicht ganz so makaber.«

André grinste. »Und wie war es mit Monsieur Mystère?«

Bevor ich etwas erwidern konnte, klingelte das Handy. Ich warf André einen vielsagenden Blick zu. »Das ist er.«

Victor. Er rief an, um mich zu fragen, ob er mich zum

Essen einladen dürfe. »Als kleine Entschuldigung für den Schreck von gestern.«

»Klar, gerne. Warum nicht?«

Ja, warum eigentlich nicht? Vielleicht, weil ich ihm immer noch nichts von Johanna erzählt hatte. Das musste ich heute unbedingt klarstellen. Langsam bekam ich beiden gegenüber ein schlechtes Gewissen.

Wir trafen uns in einem kleinen Restaurant mit Fischspezialitäten. Kaum hatten wir uns gesetzt, fiel ich mit der Tür ins Haus. »Victor, ich muss dir was sagen.«

»Ach, ja? Hoffentlich nur Gutes.«

»Ich habe eine Freundin in Hamburg. Wir leben zusammen und ich liebe sie. Ich hätte es dir schon früher erzählen sollen, aber irgendwie hat es sich nicht ergeben«, sprudelte es aus mir heraus.

»Ah«, sagte Victor erstaunt und nickte. Ein kurzer Anflug von Enttäuschung huschte über sein Gesicht, dann grinste er wieder. »Wie schade. Hätte es nicht wenigstens ein Mann sein können? Mit dem schönen Geschlecht kann ich unmöglich konkurrieren.«

Ich atmete auf.

»Wahrscheinlich hat es sich nicht ergeben, weil ich mal wieder zu viel über mich selbst geredet habe«, fügte er hinzu. »Wenn ja, tut's mir leid. Das ist eine Art Berufskrankheit.«

»Ist schon okay. Es ging ja auch alles so schnell.«

»Dann erzähl doch mal ein bisschen mehr von dir, Marie. Ich weiß, dass du Journalistin bist. Musst du etwas recherchieren in Paris?«

So falsch lag er damit gar nicht. Ich räusperte mich

und sagte: »Ich hatte einfach Lust, die Stadt kennenzulernen. Und ich wollte André mal wieder besuchen, den ich ewig nicht gesehen habe.«

»Und deine Freundin konnte nicht mit?«

»Ach, sie hat gerade so viel Arbeit.«

»Was macht sie denn?«

»Johanna ist Architektin.«

»Dann hätte sie unser kleiner Ausflug gestern sicherlich interessiert.«

»Ja, vielleicht.«

»Wieso sprichst du eigentlich so gut Französisch?«

»Hm, keine Ahnung. Wahrscheinlich gut aufgepasst in der Schule.«

Wir unterbrachen unser Gespräch, weil der Fisch gebracht wurde.

»Merci, Monsieur«, bedankte ich mich beim Kellner und wollte gerade anfangen zu essen, als ich Victors aufgerissene Augen sah. Erschrocken ließ ich das Besteck sinken. »Was ist denn los?«

Er machte »Pssst!« und deutet mit der Hand auf meinen Fisch.

Fragend schaute ich ihn an.

»Warte«, flüsterte er und griff vorsichtig mit beiden Händen über den Tisch.

Unwillkürlich wich ich ein Stück zurück.

»Guck dir das mal an!«, flüsterte er eindringlich und umfasste vorsichtig den Kiefer meines prächtigen Seehechts.

Was meinte er denn bloß? Langsam näherte ich mich wieder und betrachtete den Fisch mit zusammengekniffenen Augen. In dem Moment schnappte der Seehecht zu und ich sprang erschrocken vom Tisch auf. Die Leute drehten sich prompt zu uns um.

Victor lachte sich halb tot. Er wischte sich die Finger an der Serviette ab und kriegte sich kaum wieder ein.

»Na, warte!«, sagte ich drohend und musste gleichzeitig lachen. »Was bist du bloß für ein hinterhältiger Typ! Erst der Totenkopf und dann so was.«

Der Abend blieb so lustig, wie er angefangen hatte. Ich fühlte mich wohl in Victors Gesellschaft. Fast ein bisschen zu wohl.

»Möchtest du noch auf einen Drink mit zu mir kommen?«, fragte er, als wir einige Zeit später das Restaurant verließen.

Ich schaute ihn fragend an. »Hältst du das wirklich für eine gute Idee?«

»Ich weiß es nicht«, sagte er aufrichtig. »Ich würde einfach nur gerne den Abend mit dir verbringen.« Schweigend schaute er mich an.

Jetzt wäre es an der Zeit gewesen, mich zu verabschieden. Es wäre vollkommen verständlich und konsequent gewesen. Stattdessen sagte ich: »Lass uns gehen.«

Wir gingen zu Fuß durch die beleuchteten Straßen. Braune Blätter wehten uns entgegen. Es war Ende Oktober, und obwohl die Tage warm und sonnig waren, zeigten sich die Abende schon sehr kühl und herbstlich. Fröstelnd steckte ich die Hände in die Jackentaschen. Wir bogen in die Rue de Seine ein und Victor sagte: »Jetzt ist es nicht mehr weit. Ich wohne ganz in der Nähe der Galerie.«

Ein mulmiges Gefühl beschlich mich.

»Wohnt deine Mutter bei dir?«, fragte ich.

»Nein«, antwortete er. »Gegen Abend bringe ich sie immer in eine Einrichtung für betreutes Wohnen. Dort sind sie auf Senioren mit Altersdemenz spezialisiert und können sich besser um sie kümmern, als ich das könnte.«

Wir näherten uns einer kleinen Seitenstraße. Ich spürte Unruhe in mir aufsteigen. Dann blieb ich abrupt stehen. Wie konnte ich nur so dumm sein? Warum hatte ich daran nicht gedacht? Es war erschreckend logisch.

»Ist alles in Ordnung?«, fragte Victor erstaunt.

Ich starrte das Schild an, auf dem in säuberlicher Serifenschrift Arrondissement und Straßenname standen:

6me Arr.
Rue Visconti

Mir wurde schummerig, die Schrift verschwamm vor meinen Augen. Jetzt würde sich der Kreis schließen, ob ich wollte oder nicht. Ich riss mich zusammen und murmelte: »Schon okay.«

»Mach dir wirklich keine Gedanken«, sagte Victor. »Ein Drink oder ein Espresso und dann bringe ich dich nach Hause.«

Ich versuchte ein Lächeln und folgte ihm wortlos. Obwohl ich den Weg jetzt auch alleine gefunden hätte. Jeder Schritt, jede Ecke, jeder Mauervorsprung war mir vertraut. Ich schloss die Augen und öffnete sie erst wieder, als wir vor der Eingangstür standen: Es war die Nummer 15.

Als wir die Wohnung betraten, wurde das, was ich

vorher nur als eine Ahnung, als eine unerklärliche Anziehungskraft empfunden hatte, zu einer geradezu schmerzlichen Gewissheit: Fast alles in dieser Wohnung war mir vertraut. Mehr noch, ich spürte einen persönlichen Bezug zu den Dingen. Ich wusste, wie sich das Sofa anfühlte, noch bevor ich mich darauf niederließ. Ich spürte die kühle Holzstruktur der antiken Vitrine unter meinen Fingern, ohne sie zu berühren. Und ich musste dem Drang widerstehen, in die Küche zu gehen, um das Fenster zu schließen, das Victor wieder einmal offen gelassen hatte. Aber das Allerschlimmste war: Ich spürte ihn. Seine Wärme, seinen Geruch. Ich wusste, wie es sich anfühlte, durch seine Haare zu streichen, seine Lippen zu berühren, seinen Atem auf meiner Haut zu spüren.

»Was ist denn los?«, fragte Victor erschrocken, als er sah, wie blass ich war.

»Es … es tut mir leid. Aber ich kann hier nicht bleiben.«

Dann machte ich auf dem Absatz kehrt und versuchte zum zweiten Mal in dieser Woche, vor meinem Schicksal davonzulaufen.

KAPITEL 7

André schaute mich besorgt an, als ich ihm alles erzählte. Ich war aufgewühlt und leichenblass und konnte mich kaum daran erinnern, wie ich aus der Rue Visconti zurückgekommen war.

Er holte mir ein Glas kaltes Wasser und sagte: »Hör zu, Marie, ich mache mir große Sorgen um dich. Deshalb habe ich mit Louis gesprochen. Ich weiß, du wirst wahrscheinlich nicht begeistert sein, aber mit irgendwem musste ich darüber reden. Außerdem wollte ich seinen ärztlichen Rat.«

Ich trank das Glas in einem Zug leer und schaute ihn an, ohne etwas zu erwidern.

André räusperte sich und fuhr fort: »Ich habe ihn gefragt, ob ein Aneurysma Halluzinationen hervorrufen kann. Daraufhin wollte er natürlich alles ganz genau wissen. Ich habe ihm also vom Grund deiner Reise erzählt. Wie du dir unschwer vorstellen kannst, hält er es nicht gerade für optimal, dass du ohne Absprache mit einem Arzt in Paris herumläufst. Aber darum geht es jetzt erst mal nicht. Er hat sich so ausgedrückt: Gefäßanomalien im Gehirn können durchaus Bewusstseins- und Wahrnehmungsstörungen verursachen. Das hängt von ihrer Lage und Größe ab. Alle Sinne können betroffen sein, auch der visuelle und akustische. Allerdings sind die Symptome in der Regel eher unspezifisch.« Er machte eine kurze Pause und fuhr zögerlich fort: »Er hält es für wahrscheinlicher oder sagen wir, für nicht ausgeschlossen, dass so etwas auch … nicht organisch bedingt sein könnte.«

»Was meinst du mit ›nicht organisch‹?«

»Na ja, also …«

»Meinst du etwa das, was ich denke?«, unterbrach ich ihn. »Willst du mir allen Ernstes erzählen, ich sei geistesgestört?«

»Marie …«, versuchte André mich zu besänftigen.

Ich ließ ihn nicht zu Wort kommen, sondern fuhr wütend fort: »Vielleicht habe ich die Briefe ja auch selbst geschrieben. Und besitze ein Talent für Fotofälschungen, von dem ich bisher gar nichts wusste. Das Aneurysma ist übrigens auch meine Erfindung. Ihr spinnt ja!«

Noch bevor er etwas erwidern konnte, verschwand ich in meinem Zimmer und schlug die Tür hinter mir zu. Ich warf mich aufs Bett, vergrub das Gesicht im Kissen und ließ den Tränen freien Lauf. André klopfte an die Tür, doch ich reagierte nicht. Wenig später klingelte mein Handy, bald darauf noch einmal. Ich wollte mit niemandem sprechen. Kurze Zeit später ertönte das Signal, dass ich eine Kurznachricht bekommen hatte.

Lange lag ich noch so da, bevor ich mich müde erhob und einen Blick aufs Display warf. Der erste Anruf war von Johanna. Ich sehnte mich nach ihr, konnte sie in diesem Zustand aber unmöglich zurückrufen. Wie, bitte, sollte ich ihr das alles erklären? Der zweite Anruf war von Victor. Er hatte mir auch die SMS geschrieben:

Liebe Marie, jetzt bist du wieder vor mir davongelaufen. Es tut mir leid, wenn ich dir zu nahe getreten bin oder aufdringlich war. Mir liegt wirklich sehr viel an dir. Bitte melde dich doch zurück. Bisous, Victor

Ich legte mich wieder aufs Bett und starrte die Decke an. Wie selbstverständlich mir vorhin alles erschienen war. Ich hatte die Wohnung in der Rue Visconti betreten und sofort gewusst, wo sich alles befand. Wenn Victor gesagt hätte: »Chérie, lass dir doch schon mal ein Bad ein, ich ruf noch schnell einen Kunden zurück«, wäre mir das vollkommen normal vorgekommen. Ich hätte die CD mit den alten Chansons aufgelegt, wäre langsam in das warme Wasser der gusseisernen Badewanne geglitten und hätte mit geschlossenen Augen der Musik gelauscht. Wenig später wäre Victor dazugekommen und wir hätten uns leidenschaftlich geliebt. Ich konnte die Hitze unserer Körper spüren, seine Haut schmecken und sein leises Stöhnen hören.

Ich hielt mir die Ohren zu und presste die Augenlider aufeinander, bis sie schmerzten. War ich jetzt vollkommen verrückt geworden? Hatte Louis tatsächlich recht und irgendetwas tickte bei mir nicht ganz sauber? Es dauerte lange, bis ich in einen unruhigen Schlaf fiel. Wirre Träume verfolgten mich bis in die Morgenstunden hinein.

André war bereits in der Agentur, als ich aufstand. Ich war froh darüber, denn der gestrige Abend hatte ein unangenehmes Gefühl bei mir hinterlassen. Einerseits war ich immer noch wütend, dass er, ohne mich zu fragen, mit Louis gesprochen hatte. Andererseits schämte ich mich. Eigentlich war es doch sehr nett, dass er sich so viele Gedanken machte und sich so liebevoll um mich kümmerte. Selbstverständlich war das sicherlich nicht.

Auf dem Küchentisch lag ein Zettel:

> *Lass uns heute Abend in Ruhe über alles sprechen, Marie. Das war gestern einfach ein dummes Missverständnis.*
> *Kuss, André*

Daneben standen frische Croissants. Ich hatte zwar keinen großen Hunger, zwang mich aber dennoch, etwas zu essen.

Einen Kaffee und ein paar Bissen später beschloss ich, Sacré-Cœur einen Besuch abzustatten. Die berühmte Basilika auf dem Hügel von Montmartre war zwar eine der Hauptattraktionen für Touristen, aber trotzdem liebte ich den traumhaften Ausblick auf die Stadt. Zu Fuß ging ich den Hügel hinauf und blieb erst stehen, als ich die letzten Treppenstufen erklommen hatte. Das Wetter war umgeschlagen, der goldene Herbst hatte sich endgültig verabschiedet. Wind und Nieselregen schlugen mir entgegen, als ich an die Brüstung der Aussichtsplattform herantrat, und kühlten mein erhitztes Gesicht. Ich füllte meine Lungen mit frischer Luft. Langsam ließ ich meinen Blick über die Dächer von Paris schweifen und wurde mit jeder Minute ruhiger. Die Aussicht auf eine Metropole, in der Millionen von Menschen leben, lässt die eigenen Probleme winzig erscheinen. Zumindest für einen kurzen Augenblick.

Als ich zur Wohnung zurückkehrte, stand Victor vor der Tür. Er musste schon eine ganze Weile dort gestanden haben, denn er war total durchnässt und hatte sich tief in seinen hochgeklappten Jackenkragen vergraben.

Stumm schauten wir uns an und ich sagte schließlich: »Komm mit rein.«

Wir waren allein in der Wohnung, André war noch in der Agentur.

»Bitte lass uns reden«, sagte Victor, kaum dass wir eingetreten waren.

Ich versuchte ruhig zu bleiben und möglichst normal zu wirken. »Zieh dir erst mal die nasse Jacke aus und mach es dir bequem. Dort hinten ist mein Zimmer. Ich koche uns einen Tee.«

Während ich in der Küche dem Brodeln des Wasserkochers lauschte, überlegte ich fieberhaft, was ich jetzt machen sollte. Victor alles erklären? Aber wie sollte ich etwas erklären, für das ich selbst keine Erklärung hatte?

Die Entscheidung wurde mir abgenommen. Als ich mit den beiden Teetassen ins Wohnzimmer zurückkehrte, stand Victor im Türrahmen meines Zimmers. Er war weiß wie die Wand und starrte mich an. Mir stockte der Atem. Auf einen Schlag wurde mir klar, was passiert war. Er musste in meinem Zimmer einen Blick auf den Schreibtisch geworfen haben. Dort lagen die Briefe. Einen hatte ich offen liegen gelassen. Ausgerechnet den mit dem Foto, das Victor und mich auf der Vernissage zeigte. Er hielt es in der Hand.

Tee schwappte auf den Boden. Mit zitternden Händen stellte ich die Tassen auf den Wohnzimmertisch.

»Was wird hier gespielt, Marie?«

»Ich habe keine Ahnung«, sagte ich resigniert und ließ mich kraftlos aufs Sofa sinken.

Victor schwieg.

Ich stützte mein Gesicht in die Hände und konnte nur schwer ein Schluchzen unterdrücken. »Ich weiß es einfach nicht. Deshalb bin ich hier. Seit Mai bekomme ich Briefe, die an mich gerichtet sind, aber nicht wirklich für mich bestimmt sein können. Es ist, als kämen sie aus einer anderen Welt.«

Ich erzählte Victor, so gut ich eben konnte, von den Geschehnissen der letzten Monate. Fassungslos hörte er mir zu.

»Und jetzt bin ich hier und werde immer mehr in ein Leben verstrickt, das gar nicht meins ist. Es macht mich wahnsinnig. Und du wirst auch noch mit hineingezogen.«

Tränen liefen mir über die Wange. Victor hatte sich immer noch nicht aus dem Türrahmen gelöst.

»Ich meine, vielleicht bin ja auch ich die Verrückte. Vielleicht gibt es eine Seite an mir, die ich selber nicht kenne. Aber auch dann kann ich mir nicht erklären, warum ich mich so zu dir hingezogen fühle, warum ich dich so gut kenne.« Eindringlich schaute ich ihn an. »Verstehst du, ich weiß so viel über dich, aber ich weiß nicht, warum. Als ich bei dir in der Wohnung war, überfielen mich plötzlich tausend Erinnerungen. Ich weiß, dass du viel zu viel Bargeld in einer alten Dose aufbewahrst, die noch von deiner Urgroßmutter stammt. Ich weiß, dass du morgens immer exakt eineinhalb Löffel Zucker in deinen Kaffee rührst, weil sonst der Tag unter einem schlechten Omen steht. Ich weiß, dass du Angst vor Katzen hast, das aber nie zugeben würdest. Ich weiß, dass du dich als Kind am Oberschenkel verletzt und dort eine sichelförmige Narbe hast. Und ich weiß, dass du der zärtlichste Liebhaber der Welt bist.«

Victor war immer noch kreidebleich und starrte mich entgeistert an. Plötzlich aber veränderte sich sein Gesichtsausdruck. Seine Augen weiteten sich, als hätte er gerade eine Eingebung gehabt.

Dann sagte er langsam, fast mechanisch: »Und ich weiß, dass du ein Muttermal unter deiner linken Brust hast und eine winzige Narbe über deinem Bauchnabel. Dass du gerne eine Katze hättest, es mir zuliebe aber nicht sagst. Ich weiß, dass du Wortgefechte liebst und Gesellschaftsspiele hasst. Ich weiß, wie schrecklich du singst, und liebe es trotzdem, dir dabei zuzuhören. Und ich weiß, wie es sich anfühlt, mit dir zu schlafen. Es ist das schönste Gefühl, das ich kenne ... mon dieu.«

Plötzlich kniete er sich vor mich hin, nahm mein Gesicht zwischen seine Hände und schaute mich eindringlich an: »Ich weiß das alles auf einmal und habe nicht die geringste Erklärung dafür. Aber vielleicht gibt es die auch gar nicht. Zumindest keine rationale. Vielleicht gehören wir zusammen, Marie. Vielleicht sollten wir uns einfach darauf einlassen.«

Er versuchte, mich zu küssen.

»Nein«, sagte ich und drückte ihn von mir weg. »Das hier ist nicht mein Leben. Ich weiß nicht, wessen Leben es ist, meines jedenfalls nicht. Mein Leben ist in Hamburg bei Johanna. Das habe ich mir ausgesucht, das liebe ich und das will ich leben. Beides geht nicht.«

»Aber warum nicht?«, fragte er mich. »Du liebst sie. Aber du liebst auch mich. Das sehe ich dir an. Das Ganze muss doch irgendeine Bedeutung haben.«

»Vielleicht hast du recht«, sagte ich leise. »Ich bin regelrecht verrückt nach dir. Aber: Das bin nicht wirklich ich, verstehst du? Ich kann nicht in zwei Welten gleichzeitig leben. Ich will mein altes Leben zurück. Bitte, geh jetzt. Ich meine es ernst.«

Er stand noch eine Weile vor mir und schaute mich an. Dann nahm er seine Jacke, ging zur Tür und verschwand.

Ein stechender Schmerz breitete sich in meinem Kopf aus.

KAPITEL 8

Ich lag auf dem Sofa und starrte die Decke an. Die Tabletten, die ich gegen die Kopfschmerzen genommen hatte, zeigten endlich Wirkung. Sie machten mich zwar matt und müde, hatten aber den angenehmen Nebeneffekt, die Welt um mich herum in einen seidenweichen Schleier zu hüllen. Genau das brauchte ich jetzt: einen Filter, der alle verstörenden Eindrücke und Gedanken von mir fernhielt. Die Frage, wie es sein konnte, dass Victor ähnlich unglaubliche Erinnerungen hatte wie ich, streifte mich nur noch am Rande. Ich konnte es nicht erklären und ich hatte auch nicht mehr den Ehrgeiz dazu. Es würde mich nur verrückt machen. Irgendwann fielen mir die Augen zu.

Die Tür wurde aufgeschlossen, André war aus der Agentur zurück. Hatte ich so lange geschlafen? Draußen war es bereits dunkel.

»Was machst du denn da?«, fragte er mich erschrocken, als er mich auf dem Sofa entdeckte.

»Bin wohl eingeschlafen«, murmelte ich und rappelte mich mühsam auf.

»Geht's dir nicht gut?«

»Ach, ich hatte vorhin solche Kopfschmerzen. Ist aber

wieder alles okay.« Ich beschloss, den Vorfall mit Victor nicht zu erwähnen.

André setzte sich neben mich und schaute mich besorgt an. »Du musst wirklich aufpassen, Marie. Nicht, dass ich dich hier noch in ein Krankenhaus bringen muss.«

Ich nickte.

»Was hältst du davon, wenn ich uns jetzt erst mal was koche?«

Ich nickte wieder.

»Pasta? Ich mache hervorragende Pasta. Ich kann nämlich nichts anderes.«

Ich lächelte zaghaft. »Danke!«

Es tat gut, einfach dazuliegen, während in der Küche jemand werkelte und vor sich hin sang.

Eine halbe Stunde später kam André mit zwei dampfenden Tellern zurück. Die Pasta schmeckte wirklich köstlich und André erzählte ein paar lustige Anekdoten aus der Agentur. Das entspannte mich. Wir plauderten über Alltägliches und Amüsantes und schwelgten in Erinnerungen an alte Zeiten. Seit ich hier war, hatte sich fast alles um die Briefe und meine Krankheit gedreht. Wir lachten so unbefangen wie früher, schauten uns Fotos und alte Zeichentrickserien an und hatten Spaß. So sollte es auch in den nächsten Tagen bleiben.

Es war Samstag und André schlug spontan vor, einen Ausflug ins Umland zu machen. Louis schloss sich an und wir verbrachten ein entspanntes Wochenende zu dritt in einer kleinen Pension am Rande des Naturparks Vexin français. André musste Louis verboten haben, mit mir über Krankheiten jeglicher Art zu sprechen, denn er machte keine einzige Bemerkung zu meinem Aneurysma. Ich war froh darüber. Und merkte, dass es mir auch körperlich guttat, draußen in der Natur zu sein.

»Wie sehr die Großstadt stresst, merkt man immer erst, wenn man mal rauskommt«, stellte Louis fest, der meine Gedanken erraten haben musste. Recht hatte er.

Wir unternahmen Wanderungen durch die Wälder und Feuchtwiesen des Parks und bewunderten die Kalkklippen, die weiß und kahl aus den grünen Hängen hervorstachen.

Am Sonntag machten wir einen Abstecher nach Giverny, einen malerischen kleinen Ort, in dem Monet einst lebte und viele seiner Werke schuf.

»Da du dich in letzter Zeit ja sehr für Kunst interessierst, ist das sicherlich ein schöner Ausflug für dich«, witzelte André.

»Haha«, erwiderte ich.

Aber es war tatsächlich schön. Wir besichtigten das ehemalige Anwesen des großartigen Impressionisten und warfen einen Blick in das Haus, in dem er mit seiner Frau und den acht Kindern gelebt hatte. Das wirklich Beeindruckende erwartete uns jedoch außerhalb des Wohnhauses: ein weitläufiger Zier- und Wassergarten, der sich in den schönsten Herbstfarben präsentierte. Allerlei exotische Pflanzen säumten den Weg, deren Namen ich nicht kannte.

Wir überquerten die japanische Brücke in leuchtendem Grün und bewunderten den riesigen Seerosenteich, der Monet zu einem seiner berühmtesten Werke inspiriert hatte.

»Jetzt verstehe ich endlich, warum dieses Gemälde so groß ist«, bemerkte Louis. »Wahrscheinlich hat er versucht, sich an die natürlichen Ausmaße zu halten.«

André grinste. Ich konnte da eigentlich nicht mitreden, weil ich das Seerosenbild zwar aus Schulbüchern und von Postkarten kannte, aber noch nie in natura gesehen hatte. Oder etwa doch? Unvermittelt blieb ich stehen.

Louis und André drehten sich zu mir um. »Alles klar, Marie?«

War alles klar? Ich war mir nicht sicher. Denn auf einmal stand mir das Ölgemälde direkt vor Augen. Zum Greifen nah. Schemenhaft meinte ich sogar die Umgebung wahrzunehmen, in der es hing. Und da hing nicht nur ein Seerosenbild, sondern mehrere in allen Größen und Farben.

»Monet hat den Seerosenteich nicht nur einmal gemalt«, sagte ich, ohne nachzudenken. »Sondern über einen Zeitraum von fast zwanzig Jahren immer und immer wieder. Zu verschiedenen Jahreszeiten, mit wechselndem Licht, auch als fast völlige Abstraktion. Er bepflanzte den Teich mit Seerosen, Schwertlilien und Schilf und hat ihn bis zu seinem Tod immer wieder gemalt. Genau so wie die mit Glyzinien überwachsene kleine Brücke, die ebenfalls als zentrales Element in seinem Werk auftaucht. Er war der vielleicht bedeutendste Vertreter des Impressionismus. Sogar der Name der Stilrichtung ist von einem seiner frühen Bilder abgeleitet: dem ›Impression, soleil levant‹ nämlich, das er 1872 malte.«

Louis und André schauten mich eine Weile schweigend an, bis Louis schließlich sagte: »Was du so alles weißt. Ich komme mir neben dir wie ein ziemlicher Kunstbanause vor.« Dann fügte er grinsend hinzu: »Erst der nächtliche Vortrag über Laurent Baptiste, jetzt das Kurzreferat über Monet – Marie, du solltest ins Kunstbusiness wechseln.«

André lachte und auch ich stimmte nach kurzer Verwirrung mit ein. Die Seerosenbilder lösten sich vor meinen Augen auf. Dafür fiel mir trotz der betonten Fröhlichkeit der nachdenkliche Blick auf, mit dem mich André musterte. Ich riss mich zusammen und gab von nun an nur noch scherzhafte und belanglose Kommentare von mir. Die ganze verdrehte Wirklichkeit sollte gefälligst in Paris bleiben.

Wir schlenderten noch eine Weile durch den Garten und das Dorf. Für einen Großstädter kaum vorstellbar, hier ein ganzes Leben zu verbringen. Ob die Dörfler sich ein Leben in einer Metropole wie Paris wohl ebenso wenig vorstellen konnten?

Louis hatte eine alte Spiegelreflexkamera dabei und wählte mit Sorgfalt und Bedacht jedes einzelne Motiv aus. In der Zeit, in der er ein Foto schoss, hatten André und ich schon gefühlte zwanzig mit unseren Handys aufgenommen. Grinsend zogen wir ihn mit seiner analogen Retro-Fotokunst auf. Und fragten ihn, ob das Entwickeln der Bilder genauso lange dauern würde wie ihr Zustandekommen. Er streckte uns die Zunge heraus und widmete sich unbeirrt weiterhin seinem Hobby.

Es machte Spaß mit den beiden, aber ich merkte immer deutlicher, wie sehr ich Johanna vermisste. Die

Anrufe zwischendurch waren nicht wirklich befriedigend, zumal ich stets aufpassen musste, was und wie viel ich ihr erzählte. Von Victor wusste sie nur das Allernötigste, von unseren Treffen so gut wie gar nichts. Ich wollte ihr das Gefühl geben, dass er keine Rolle für mich spielte. Und dass auch sonst alles in Ordnung war. Ich war mir aber ziemlich sicher, dass sie sehr wohl merkte, dass etwas nicht stimmte, es mir aber nicht sagte, um mich nicht zu beunruhigen. Es war ein Katz-und-Maus-Spiel, das nicht zu uns passte. Ich wusste nicht, wie ich all das, was ich hier erlebte, mit meinem Leben in Hamburg würde vereinbaren können. Gleichzeitig sehnte ich mich wie verrückt nach meiner Freundin und meinem Zuhause.

Irgendwann sprach ich André darauf an. »Es ist traumhaft hier. Toll, so eine schöne Zeit mit euch zu verbringen. Louis mag ich sehr. Ihr passt wirklich gut zusammen. Ich hätte gerne noch mehr mit euch erlebt.«

»Aber?«

»Aber ich glaube, ich muss trotzdem langsam zurück nach Deutschland.«

André nickte. »Echt schade, aber ich habe damit gerechnet. Es war ja auch alles ganz schön anstrengend für dich. Ich hoffe, es hat dir trotzdem was gebracht.«

»Auf jeden Fall. Es hat zwar viele Fragen aufgeworfen, aber auch viele beantwortet. Irgendwie. Ich glaube, ich muss die Dinge jetzt erst mal verarbeiten.«

»Kann ich verstehen.«

»Paris ist ein Traum«, fügte ich hinzu. »Zeitweise ein sehr surrealer, aber trotzdem faszinierend. Wenn ich das mal so pathetisch sagen darf.«

»Ein bisschen Pathos schadet nie. Was glaubst du, warum ich hier bin?« André zwinkerte mir zu.

»Danke noch mal. Für alles.«

»Für dich immer gern. Die norddeutsche Bodenständigkeit hatte mir sowieso schon eine ganze Weile gefehlt.«

Grinsend stieß ich ihn in die Seite.

KAPITEL 9

Zurück von unserem Wochenendausflug begann ich, meine Sachen zusammenzusuchen. Keine zwei Wochen war ich in Paris gewesen und doch kam es mir vor wie ein ganzer Lebensabschnitt. Ein sehr schicksalhafter.

Plötzlich klingelte mein Handy. Das Display zeigte eine französische Nummer an. Ich überlegte kurz, ob ich den Anruf ignorieren sollte, überwand mich am Ende aber doch und nahm ihn an.

»Salut, Marie«, sagte eine weibliche Stimme, »hier ist Lucie.« Sie klang traurig.

»Salut, Lucie«, antwortete ich überrascht. Mir war mulmig zumute.

»Geht's dir gut?«

»Ja, schon okay. Und dir?«

»So lala. Aber ich rufe eigentlich aus einem ganz bestimmten Grund an.« Lucie räusperte sich, bevor sie fortfuhr: »Wahrscheinlich wirst du nicht begeistert sein, aber ich möchte dich um etwas bitten. Victor ist mein bester Freund und ich weiß, wie viel du ihm bedeutest.«

Ich schwieg.

»Er weiß nicht, dass ich dich anrufe, ich habe deine Nummer heimlich aus seiner Kontaktliste kopiert.«

Lucie machte eine kurze Pause. »Victors Mutter ist gestern gestorben. Ganz überraschend nach einem Herzinfarkt. Keiner hat damit gerechnet. Victor ist total am Ende.«

»Oh, Gott«, sagte ich leise.

»Er hat mir erzählt, dass du ihn nicht mehr sehen möchtest. Genaueres wollte er mir nicht sagen. Du wirst bestimmt deine Gründe haben, Marie, und ich will dich auch zu nichts drängen. Aber ich glaube, du bist momentan der einzige Mensch, der ihn trösten könnte. Ich habe ihn noch nie so deprimiert gesehen und mache mir große Sorgen.«

Ich schluckte und schwieg einen Moment lang. Dann fasste ich mir ein Herz. »Gut, ich fahre zu ihm.«

»Danke. Er ist zu Hause.«

»Au revoir, Lucie.«

»A bientôt, Marie.«

Erst nachdem ich dreimal geklingelt und laut gerufen hatte, drückte Victor den Türöffner. Ich stieg die knarrenden Stufen hinauf und kam atemlos vor seiner Wohnungstür zum Stehen. Sie war angelehnt, mit klopfendem Herzen trat ich ein.

Schummeriges Halbdunkel empfing mich, im Hintergrund lief leise ein Chanson. Victor saß in sich zusammengesunken auf dem Sofa und starrte regungslos einen unsichtbaren Punkt an der Wand an. Vor ihm auf dem Tisch stand eine halb leere Weinflasche. Er schaute erst zu mir auf, als ich direkt vor ihm stand. Von nun an dachte ich nicht mehr, sondern handelte rein intuitiv. Ich zog meine Jacke aus und legte sie über den Sessel.

Dann ließ ich mich sanft auf seinen Schoß gleiten, nahm seinen Kopf zwischen meine Hände und küsste ihn. Nach einem kurzen Zögern erwiderte er den Kuss. Seine Lippen schmeckten nach Rotwein und ich konnte die rauen Bartstoppeln auf meiner Oberlippe spüren.

Mit jedem Atemzug küssten wir uns inniger und leidenschaftlicher. Ich hatte das Bedürfnis, ihn in mich aufzusaugen. Die schmerzliche Sehnsucht, das aufgestaute Verlangen der letzten Tage übernahmen mit ganzer Macht die Kontrolle über uns. Er zog mir mein Shirt über den Kopf und öffnete meinen BH. Ich spürte seine warmen Hände auf meinem Rücken, an meiner Wange, auf meiner Brust. Knöpfte sein Hemd auf, küsste seinen Hals und seinen Oberkörper. Meine Hand wanderte nach unten, ich wollte ihn berühren. Die pulsierende Kraft, die ich in meinem Schoß spürte, erregte mich. Ich hörte, wie er leise aufstöhnte. Dann hob er mich in die Höhe, trug mich ins Schlafzimmer und wir liebten uns, als hätten wir nie etwas anderes getan.

Es dämmerte bereits, als ich aufwachte. Die Stadt war noch still, nur vereinzelt drangen Geräusche durch die hohen Fenster. Neben mir hörte ich Victors gleichmäßige Atemzüge. Ich ließ den Blick durch das Halbdunkel des Zimmers schweifen, das mir so vertraut und so fremd zugleich war. Die stuckverzierte Decke, die antike Kommode aus Eichenholz, der große Spiegel mit vergoldeten, in sich verschlungenen Ornamenten. Meine Augen wanderten zu einem Gemälde, das unscheinbar in einem Winkel des Zimmers hing: eine Neuinterpretation von Magrittes Liebenden. Die schicksalhaft verhüllten Gesichter zweier sich küssender Menschen berührten mich. Eine rein psychische Liebe, verschleiert durch Trennung und Tod.

Ich warf einen letzten Blick auf den Mann an meiner Seite. Friedlich ruhte sein Kopf auf dem Kissen. Ich liebkoste ihn in Gedanken, dann stand ich auf, zog mich an und verließ ihn.

DRITTER TEIL

KAPITEL 1

Schnee lag in der Luft, als ich in Hamburg ankam. Ich legte den Kopf in den Nacken und ließ den kalten Wind über mein Gesicht streichen. Den Rückflug hatte ich in einer Art Dämmerzustand verbracht. Meine Abreise war so schnell gegangen, dass keine Zeit zum Nachdenken blieb. Als ich mich von André verabschiedet hatte, waren wir beide den Tränen nahe gewesen.

»Komm mich besuchen«, hatte ich zu ihm gesagt, »und grüß Louis von mir.«

»Das mache ich«, hatte er geantwortet und mich noch einmal in den Arm genommen.

Ich hatte Johanna gebeten, mich nicht vom Flughafen abzuholen, da ich wusste, wie viel sie gerade zu tun hatte. So blieb mir Zeit, in Ruhe wieder anzukommen.

Obwohl ich nicht einmal zwei Wochen weg gewesen war, kam mir meine vertraute Umgebung seltsam fremd vor. Die Menschen, die Sprache, das Wetter – alles war wie eine blasse Erinnerung, die nur langsam wieder Farbe annahm. Mir fehlten Paris, die Lichter und der warme Charme seiner Bewohner. War ich wirklich schon wieder bereit für das Leben hier? Das Gefühl verflüchtigte sich allerdings schnell, je näher ich unserem Zuhause kam.

Das Holzgeländer fühlte sich kalt, aber vertraut an, als ich die Treppe hinaufstieg. An der Wand im zweiten Stock war immer noch derselbe Fleck wie vor ein paar Wochen. Ich öffnete unsere Haustür und wurde von einem verführerischen Duft aus der Küche empfangen.

Johanna stand am Herd und lächelte mich an. »Wenn ich dich schon nicht vom Flughafen abholen darf, bereite ich dir wenigstens hier einen schönen Empfang.« Sie hatte die dunklen Haare zurückgebunden und trug ein schwarzes Top, in dem sie unglaublich sexy aussah.

In Sekundenschnelle war ich zurück im Hier und Jetzt. »Ich liebe dich«, sagte ich leise.

Johanna nahm mich in den Arm und küsste mich. Alles war gut. Alles war endlich wieder so, wie es sein sollte.

Die Wohnung sah anders aus als vorher. Johanna hatte die Möbel umgestellt und den Wohnzimmertisch liebevoll dekoriert. Fast schon weihnachtlich. Normalerweise nahmen wir uns nie die Zeit für so was.

Auf meinen fragenden Blick zuckte sie mit den Schultern und meinte: »Diesen Herbst wollte ich es mal gemütlich. Und die Adventszeit kommt schneller, als man denkt.«

Sie zündete eine Kerze an und wir setzten uns mit den gefüllten Auberginen, die sie gezaubert hatte, an den Tisch. Draußen war es bereits dunkel, was dem Ganzen eine besondere Romantik verlieh. Das Essen schmeckte köstlich und ich lächelte meine Freundin über den Tisch hinweg an. Das Leben war schön.

Es fiel mir leicht, an diesem Abend nicht an Victor zu denken. Es war, als ob Hamburg und Paris nicht nur durch Hunderte Kilometer, sondern auch durch eine unsichtbare Zeitgrenze getrennt wären. War ich wirklich erst heute Mittag in den Flieger gestiegen? War das tatsächlich ich gewesen, die gestern Abend in der Rue Visconti Sturm geklingelt hatte? Es kam mir alles so unwirklich vor. Vielleicht war das auch der Grund, warum mich keine Gewissensbisse plagten. Johanna wäre ausgeflippt, wenn ich ihr von der gestrigen Nacht erzählt hätte. Ich tat es nicht. Denn es schien mir selbst mit einem Mal so surreal wie ein Traum.

Mein altes Leben hatte mich wieder. Jetzt musste ich zusehen, dass ich meinen Arbeitsalltag auf die Reihe bekam. Natürlich hatten alle nach der Diagnose Verständnis dafür gehabt, dass ich mich erst einmal zurückzog. Mit meinem Ersparten war das zum Glück auch kein Problem gewesen. Aber langsam herrschte Ebbe auf meinem Konto und ich musste sicherstellen, dass ich bei meinen Redaktionskollegen nicht vollkommen in Vergessenheit geriet. Zudem fühlte ich mich fit genug zum Recherchieren und Schreiben und wollte endlich wieder gefordert werden. Gegen die gelegentlichen Kopfschmerzen kam ich problemlos mit Tabletten an.

»Willst du wirklich schon wieder arbeiten?«, fragte mich meine Mutter besorgt, als ich sie am nächsten Tag anrief. »Es wäre doch vielleicht besser, wenn du dir noch ein paar Wochen Auszeit gönnst und erst mal in Ruhe mit deinen Ärzten überlegst, wie es weitergeht.«

»Ach, Mama, ich kann doch nicht mein gesamtes

Leben auf den Kopf stellen. Und Geld verdienen muss ich schließlich auch.«

»Na, wir könnten dich ein wenig unterstützen, das wäre doch kein Problem.«

»Du weißt aber, dass ich das nicht möchte. Dafür bin ich nun wirklich zu alt.« Da sie nichts erwiderte, fügte ich beschwichtigend hinzu: »Und ich lasse mich doch trotzdem regelmäßig untersuchen, das vergesse ich schon nicht. Aber ich fühle mich gut momentan.«

Sie seufzte und lenkte ein: »Wie du meinst. Dann sei aber bitte vorsichtig und pass auf, dass du dir nicht zu viel zumutest.«

Über Paris hatten wir nur kurz gesprochen. Obwohl meine Mutter ahnte, dass es noch einen anderen Grund für meine unerwarteten Reisepläne gegeben hatte, gab sie sich mit ein paar oberflächlichen Bemerkungen über die französische Metropole mit ihrer feinen Küche und ihren beeindruckenden Sehenswürdigkeiten zufrieden.

»Ja, ja«, murmelte sie. »Paris war bestimmt eine tolle Erfahrung. Ich bin mir sicher, die Reise hat dir gutgetan.«

Damit war das Thema erledigt. Zunächst.

Danach meldete ich mich bei meinen Auftraggebern zurück und hatte keine zwei Stunden später drei neue Jobs auf dem Tisch. Gut so. Es würde zwar ein bisschen dauern, in meinen alten Rhythmus zurückzufinden, aber ich merkte, wie wohl mir die Herausforderung tat. Sie bewahrte mich davor, mir über mich selbst Gedanken zu machen. Für den Abend hatten sich Daniel und Peter angekündigt. Ich hatte mich bereit erklärt, die Einkäufe fürs Essen zu übernehmen. Also machte ich mich am späten Nachmittag auf den Weg, um die Zutaten für einen Auflauf zu besorgen. Ich genoss den kühlen Wind, der mir um die Ohren pustete, und hatte das Gefühl, wieder richtig zu Hause zu sein.

Mit großem Hallo trafen gegen Abend Daniel und Peter bei uns ein. Den Auflauf hatte Johanna vor einer halben Stunde in den Ofen geschoben und die beiden hoben andächtig schnuppernd die Nasen, als sie die Wohnung betraten. Ich musste lachen. Es war wirklich liebenswert, wie überschwänglich sie immer unsere Gerichte lobten, obwohl unsere Kochkünste nicht annähernd an die von Peter herankamen.

Daniel hob mich hoch und wirbelte mich durch die Luft. »Da bist du ja wieder, meine Hübsche! Wir hatten schon die Befürchtung, Paris und die französische Küche hätten dich um den Finger gewickelt.«

»Pff«, erwiderte ich naserümpfend, »was ist schon ein Coq au vin gegen ein Hamburger Fischbrötchen?«

Wir gingen lachend ins Wohnzimmer und ich berichtete von meinen Erlebnissen. Alles, was mit Victor zu tun hatte, ließ ich dabei selbstverständlich aus. Johanna kam mit der dampfenden Auflaufform herein und wir setzten uns an den Tisch. Wie erwartet, wurde ihr Werk in den höchsten Tönen gelobt und sie bedankte sich augenzwinkernd. Dann aßen wir eine Weile schweigend.

Plötzlich sagte Daniel unvermittelt: »Wir haben übrigens jemanden gefunden, der Handschriften analysiert.«

Der Bissen blieb mir im Halse stecken.

»Ein Bekannter meines Kollegen ist Experte in kriminalistischer Schriftvergleichung«, fuhr er unbekümmert fort. »Der kann euch sicher weiterhelfen.«

Ich ließ Messer und Gabel neben den Teller sinken und schaute Johanna an. Die verschluckte sich fast und warf mir einen entschuldigenden Blick zu. Peter stieß Daniel in die Seite, woraufhin dieser erschrocken aufblickte.

»Ach, herrje, habt ihr noch gar nicht darüber gesprochen? Das tut mir leid.«

»Worüber gesprochen?«, fragte ich scharf in Johannas Richtung.

»Schatz«, sagte sie und räusperte sich, »entschuldige, ich wollte dich nicht beunruhigen. Ich dachte, ich warte erst mal, bis du wieder richtig angekommen bist.«

»Womit?«, fragte ich. Wut stieg in mir auf. Ich ahnte, was jetzt kommen würde.

»Hey«, sagte meine Freundin beschwichtigend und griff nach meiner Hand, »ich habe wirklich nur mit Daniel und Peter über die Sache geredet. Und sie hatten eine Idee, auf die wir eigentlich auch hätten kommen können: die Handschriften der Briefe überprüfen zu lassen. Ein Profi kann mit ziemlich hoher Wahrscheinlichkeit beurteilen, ob sie gefälscht sind.«

Ich zog meine Hand weg, rückte den Stuhl nach hinten und verschwand schnurstracks im Schlafzimmer. Bevor ich die Tür schloss, hörte ich Daniel noch reumütig sagen: »Das wollte ich nicht, tut mir wirklich leid.«

Tränen liefen mir über die Wangen und es brauchte eine Weile, bis ich wieder einen klaren Gedanken fassen konnte. Es klopfte leise an der Tür.

»Darf ich reinkommen, Schatz?«, fragte Johanna von draußen.

Als ich nicht antwortete, öffnete sie langsam die Tür und streckte vorsichtig den Kopf herein.

Ich schniefte und sagte: »Na schön.«

Sie setzte sich neben mich und legte den Arm um meine Schultern. »Es war ein Fehler, dich vorher nicht zu fragen«, sagte sie entschuldigend. »Ich musste nur unbedingt mit jemandem über die ganze Angelegenheit reden. Es hat mich verrückt gemacht, als du nicht da warst. Und Daniel ist nun mal mein bester Freund.«

Ich putzte mir die Nase, schwieg und nickte schließlich. »Ist okay. Tut mir leid, dass ich gerade so überreagiert habe. Ich dachte, ich könnte die Sache wenigstens für einen Abend mal vergessen.«

»Daniel tut es auch leid. Er wird das Thema heute bestimmt nicht mehr anschneiden.«

»Nein«, erwiderte ich entschlossen, »jetzt kommt alles auf den Tisch. Lass uns ruhig darüber reden.«

Wir gingen zurück ins Wohnzimmer, verscheuchten die gedrückte Stimmung und baten Daniel, weiter zu berichten.

»Der Sachverständige, den mein Kollege kennt, kümmert sich normalerweise um Testamentsfälschungen und ähnliche Dinge. Um uns die ganze Bürokratie zu ersparen, die so was normalerweise braucht, würde er die Briefe mal nach Dienstschluss unter die Lupe nehmen. Streng vertraulich, versteht sich. Johanna hat erzählt, dass du von deiner Schulfreundin auch einen ganz normalen«– er malte Gänsefüßchen in die Luft – »Brief bekommen hast, oder?«

Ich nickte.

»Dann könnte er einen Schriftvergleich durchführen«, fuhr Daniel fort, »und beweisen, dass ihr beide als Urheberinnen nicht infrage kommt. Das wäre doch auch schon was.«

Zögerlich nickte ich wieder. Und verschwieg, dass ich den Gedanken, dass auch die vermeintlich von mir stammenden Briefe überprüft würden, beunruhigend fand.

In dieser Nacht schlief ich unruhig und träumte wild. Christine tauchte auf und streckte mir die Briefe entgegen. »Alle wissen es«, rief sie triumphierend, »du warst es! Du hast die Briefe geschrieben. Du hast mich in die Irrenanstalt gebracht.« Sie brach in diabolisches Gelächter aus. Blut lief von ihren Armen über die Briefe und tropfte auf den Boden.

Im Hintergrund hörte ich die flehende Stimme von Paul: »Amelie will nicht, dass Mama weint.«

Victor tauchte plötzlich von der Seite auf, mit einem seltsam verzerrten Gesicht. Er griff nach mir. Aber es war nicht seine Hand, die mich berührte, sondern eine kalte, runzelige Frauenhand.

Ich schrie und wachte schweißgebadet auf.

Johanna legte im Halbschlaf den Arm um mich und murmelte: »Alles okay, Schatz?«

Langsam beruhigte sich mein Puls. Alles nur ein Traum. Hier war ich zu Hause, alles war normal.

KAPITEL 2

Bereits drei Tage später bekamen wir einen Termin beim Sachverständigen. Obwohl er alle Hände voll zu tun hatte, erklärte er sich bereit, nach Dienstschluss einen Blick auf die Briefe zu werfen. Gegen Abend läuteten wir an seiner Haustür. »Dr. jur. Thomas Schmid, Schriftgutachter« stand auf dem Klingelschild.

Ein hagerer Mann Mitte fünfzig in grauem Sakko öffnete die Tür. »Guten Abend, die Damen«, sagte er und begrüßte uns mit einem formellen Händedruck.

Ein lupenreiner Bürokrat, schoss es mir durch den Kopf. Ob er den Anzug nach Feierabend überhaupt auszog? Wir folgten ihm in ein kleines Büro. Im Hintergrund stand eine Tür offen und gab den Blick frei auf einen Raum, den er offensichtlich als Labor nutzte. Die Apparaturen und Messgeräte riefen in mir ein mulmiges Gefühl hervor. So als ob ich selbst gleich auf Herz und Nieren durchleuchtet werden würde.

»Setzen Sie sich«, forderte er uns auf und wies mit der freien Hand auf zwei Plätze. »Und nun erklären Sie mal, worum es geht.«

Ich schluckte und begann zu erzählen.

Mit unbewegtem Gesichtsausdruck hörte der Sachverständige zu. Als ich geendet hatte, schaute er mich noch eine Weile schweigend an. Sein Blick machte mich nervös. Als ob ich etwas zu verbergen hätte.

Dann meinte er: »Nun ja, das ist eine recht ungewöhnliche Geschichte. Mit anonymen Drohbriefen habe ich es hier öfter zu tun, das hört sich allerdings nach einem sehr subtilen psychologischen Druckmittel an.«

Um nicht zu sagen, nach perfidem Psychoterror, dachte ich bei mir.

»Haben Sie einen Verdacht, wer dafür infrage käme?«, fragte er mich. »Vielleicht jemand aus Ihrer Vergangenheit, der noch eine Rechnung mit Ihnen offen hat?«

»Der Gedanke ist uns auch schon gekommen«, antwortete ich. »Mir ist aber niemand eingefallen. Vor allem keine Person, die so viele persönliche Dinge über mich weiß.«

»Die nächstliegende Vermutung ist, dass eine alte Schulfreundin von Marie dafür verantwortlich sein könnte«, warf Johanna ein. »Wahrscheinlich nicht einmal aus Bosheit, sondern, na ja … Sie ist vor ein paar Wochen in die Psychiatrie eingewiesen worden.«

»Aha«, antwortete der Schriftgutachter mit unbeteiligter Miene. »Haben Sie eine aktuelle Schriftprobe von ihr vorliegen? Nur dann kann ich einen Vergleich anstellen.«

»Ja, allerdings leider nur eine kurze Notiz, die sie einem Brief beigelegt hat«, sagte ich und schob ihm den Zettel hinüber. »Ach ja, und ich habe ein altes Poesiealbum gefunden, in das sie mir als Jugendliche mal hineingeschrieben hat«, fügte ich eilig hinzu.

Johanna warf mir einen erstaunten Blick zu.

Davon hatte ich ihr gar nicht erzählt. Ich hatte es selbst

erst heute beim Durchwühlen meiner alten Bücherkisten gefunden.

»Hmm«, murmelte der Sachverständige, »das ist nicht viel. Was ist mit Ihrer Schriftprobe?«

»Die, ja, die kann ich Ihnen natürlich geben«, stotterte ich leicht überrumpelt. Ich ärgerte mich über meine Unsicherheit. Es gab überhaupt keinen Grund dafür.

»Damit können wir unter anderem überprüfen, ob die Verfasserin oder der Verfasser der Briefe versucht hat, Ihre Handschrift zu imitieren«, erklärte er. »Am besten, Sie schreiben einen der Briefe, der an Ihre frühere Schulkameradin gegangen ist, noch einmal ab. Dann haben wir den direkten Vergleich«, fügte er hinzu und reichte mir Stift und Papier.

Ich nickte ergeben und machte mich ans Werk.

Während ich schrieb, erklärte der Sachverständige Johanna die Methodik des Schriftvergleichs. Ich bekam jedoch kaum etwas davon mit, denn der Brief zog mich auf eigenartige Weise in seinen Bann. Es kam mir fast unheimlich vor, wie selbstverständlich meine Hand über das Papier glitt und die Worte aufs Papier setzte.

Liebe Christine,

wie schön, von Dir zu hören! Natürlich erinnere ich mich an unser altes Versteck, den Wald und die Rehe, die wir manchmal beobachtet haben. Mensch, war das eine schöne Zeit damals! Ich denke gern daran zurück und habe es auch häufig getan in den vergangenen Monaten.
Die waren nicht einfach, wie Du Dir vorstellen

kannst. Die heftigen Kopfschmerzen, der plötzliche Zusammenbruch, die Hirn-OP. Ich kann mich an all das gar nicht mehr genau erinnern, Victor hat mir später alles erzählt. Ein Aneurysma ist wie eine tickende Zeitbombe. Man ahnt nichts Böses, geht seinen alltäglichen Dingen nach und wumm! Von einem Moment auf den anderen ändert sich alles.
So gesehen hatte ich ein unglaubliches Glück. Meine Kollegin in der Galerie hat sofort den Notarzt gerufen und die Chirurgen in der Klinik haben ein wahres Wunder vollbracht. Stell Dir vor, ich habe keine bleibenden neurologischen Schäden. Ich bin zwar häufiger müde und es fällt mir schwer, mich zu konzentrieren, aber wenn man bedenkt, was alles hätte passieren können, bin ich ein Glückspilz. Und genau so sehe ich das Leben jetzt. Es ist ein Geschenk. Victor und ich wollen bald heiraten, ich möchte unbedingt ein Kind.
Ich bin so stolz auf Deinen schlauen kleinen Paul! Und an Amelie kann ich mich auch noch gut erinnern. Wahnsinn, sie läuft jetzt schon? Ich komme Dich besuchen, sobald ich kann. Nächsten Monat steht noch eine wichtige Nachuntersuchung an. Danach seid ihr natürlich auch jederzeit willkommen in diesem Traum von einer Stadt.

Ich umarme Dich und schicke Tim viele Grüße
Deine Marie

PS: Das Foto zeigt Victor und mich bei unserer letzten Vernissage. Ich bin ja so glücklich!

»Marie? Marie!«

Wie aus einem Traum blickte ich auf. Johanna hatte mich etwas gefragt und die beiden schauten mich erwartungsvoll an. Ich fühlte mich ertappt und erwiderte errötend: »Was hast du gesagt?«

Johanna lächelte und legte mir eine Hand auf die Schulter. »Ich habe dich gefragt, ob du das Foto von der Vernissage dabeihast. Herr Dr. Schmid hat eine Methode zu überprüfen, ob es retuschiert wurde.«

»Im Rahmen der Möglichkeiten«, räumte der Sachverständige ein.

»Ja, natürlich«, antwortete ich und kramte hastig das Foto von Victor und mir hervor. Es jagte mir immer noch einen Schauer über den Rücken.

Dr. Schmid nahm das Foto in die Hand und begutachtete es mit zusammengezogenen Augenbrauen. Dann musterte er mich erneut mit diesem undefinierbaren Gesichtsausdruck und sagte wieder: »Aha.«

Er erhob sich und streckte uns die Hand entgegen. »Ich werde Ihnen Bescheid geben, sobald die ersten Ergebnisse vorliegen. Das kann allerdings eine Weile dauern, weil ich gerade sehr viel zu tun habe.«

»Kein Problem, Sie sind uns eine große Hilfe«, sagte Johanna.

»Ich danke Ihnen vielmals«, fügte ich hinzu und stand ebenfalls vom Tisch auf.

Der Sachverständige begleitete uns zur Tür und verabschiedete uns.

Draußen an der frischen Luft konnte ich endlich wieder durchatmen.

»Alles okay bei dir?«, fragte Johanna.

»Ja, ja«, erwiderte ich, »hab mich nur irgendwie total unwohl gefühlt.«

»Das habe ich gemerkt«, erwiderte meine Freundin und drückte mir einen Kuss auf die Wange.

»Ich habe jeden Moment damit gerechnet, dass er seinen Lügendetektor aus dem Schrank holt und die Drähte an meine Fingerspitzen anschließt«, sagte ich und verzog das Gesicht.

Johanna lachte. »Keine Sorge, der überprüft nur lebloses Papier auf Herz und Nieren ... Aber wer weiß, was er da so alles findet«, flüsterte sie mit verschwörerischer Miene und riss in gespieltem Entsetzen die Augen auf.

»Ach, hau ab«, schimpfte ich und setzte mich in Bewegung.

»Erwischt!«, rief sie und umklammerte mich von hinten.

Ich musste lachen, drehte mich um und küsste sie.

Es war Freitagabend und wir hatten uns nach dem Termin mit Dr. Schmid nichts mehr vorgenommen. Gemütlich schlenderten wir Hand in Hand durch die Straßen und am Ufer der Alster entlang. Um uns herum erwachte die Nacht zum Leben, angeheiterte Partydiven und betrunkene Halbstarke kreuzten unseren Weg. Uns störte das nicht, es war einfach nur schön, schweigend nebeneinanderher zu laufen.

Irgendwann setzten wir uns in einer ruhigen Ecke auf eine Bank und ließen den Blick über den Fluss schweifen. Die Lichter der Stadt spiegelten sich auf der Wasseroberfläche und schienen uns in abertausenden Lichtplättchen zuzuzwinkern.

»Ich muss dich was fragen«, sagte Johanna, »beziehungsweise dir was sagen.«

»Oh Gott«, erwiderte ich.

»Nein, nein«, lachte sie, »alles okay. Es ist nur ... also, ich liebe dich.«

»Wenn du das sagst«, grinste ich. Innerlich atmete ich auf.

Unbeirrt fuhr sie fort: »Jedenfalls, ich hätte gerne ein Kind. Mit dir.« Angespannt schaute sie mich an.

Mir wurde warm vor Glück. Ich lächelte, sagte nichts und nahm sie einfach in den Arm. Ihr Geruch, ihre Wärme, ihre weiche Haut – all das schien wie ein Teil von mir. Natürlich wollte ich das. Und wie! Konnte das sein? War ich das? Lief das hier gerade nicht irgendwie zu perfekt? Ich schob die Gedanken beiseite und schaute sie an. »Okay. Lass uns anfangen!«

»Du und deine unromantische Ader.«

Wir lachten und küssten uns. Zwei Halbwüchsige, die gerade vorbeiliefen, pfiffen uns zu. Johanna zeigte ihnen den Mittelfinger, ohne sich von mir abzuwenden. Dann nahm sie mein Gesicht in beide Hände und schaute mich ernst an. »Ich muss dir noch etwas sagen.«

»Oje«, erwiderte ich, »es wäre auch zu schön gewesen.«

»Ich kann keine Kinder kriegen.«

»Was? Warum?«

»Also ... du weißt doch, dass ich mit zwanzig einen Motorradunfall hatte.«

»Ja, natürlich«, antwortete ich.

Wie könnte ich die Geschichte, die für die zentimeterlange Narbe über ihrer linken Hüfte verantwortlich war, vergessen. Ich erinnerte mich, dass Johanna meine Hand weggeschoben hatte, als ich sie in unserer ersten Nacht berühren wollte. Die Narbe war Tabuzone.

»Aber du hast mir nie erzählt, dass der Unfall solche Folgen hatte.«

»Ich konnte nicht.«

»Ach, Schatz, das tut mir leid.«

Sie ließ ihre Hände in den Schoß sinken, schwieg einen Moment und fuhr dann fort: »Ich habe mir immer ein Kind gewünscht. Schon mit achtzehn wusste ich, wie es einmal heißen würde. Keine Ahnung, warum, es war einfach so.«

Ich umarmte sie.

»Dann kam der Zusammenstoß mit diesem verfluchten Lieferwagen. Und alle Wünsche und Träume lösten sich in Luft auf. Also habe ich mich auf die Arbeit konzentriert. Was glaubst du, warum ich mich immer so reinhänge? Es lenkt mich ab.«

»Hast du nie mit jemandem darüber geredet?«

»Für meine Exfreundinnen war Kinderkriegen kein Thema. Vielleicht waren wir auch einfach noch nicht im richtigen Alter. Irgendwann habe ich mich dann damit abgefunden. Bis ich dich kennengelernt habe.«

Ich küsste sie auf die Wange. »Wie hättest du dein Kind denn genannt?«

»Josephine. Es wäre ein Mädchen geworden. Da bin ich mir sicher.«

KAPITEL 3

Als ich am nächsten Morgen aufwachte, war das Bett neben mir leer. Da ich auch in der Wohnung kein Geräusch hörte, nahm ich an, dass Johanna Brötchen holen war. Ich gähnte und rollte mich noch einmal zusammen. Nichts war schöner, als sich an einem Samstagmorgen in die Decke zu kuscheln und darauf zu warten, dass die Freundin die Tür aufschließen und Brötchenduft in die Wohnung bringen würde. Fast nichts. Ich lächelte und dachte an den gestrigen Abend und die darauffolgende Nacht. Ist eine Überdosis Glück eigentlich schädlich? Ich drückte das Gesicht ins Kissen und atmete Johannas Geruch ein. In diesem Moment klingelte das Telefon.

Ach nee, dachte ich, jetzt nicht. Aber als das Klingeln nicht aufhören wollte, erhob ich mich schließlich doch. Schlaftrunken schlurfte ich ins Wohnzimmer. Wer konnte bloß so penetrant sein? Wie ärgerlich, dass wir den Anrufbeantworter ausgestellt hatten, sonst wäre der jetzt angesprungen. Das Display zeigte »Nummer unterdrückt« an. Na, super. Wenn ich jetzt einen dieser Markt- und Meinungsforscher am anderen Ende hatte, würde ich dem was erzählen. Ich hielt den Hörer ans Ohr und meldete mich genervt: »Ja, bitte?«

»Marie?«, antwortete eine fröhliche Frauenstimme. »Entschuldige, habe ich dich gestört?«

Ich ließ mich rückwärts aufs Sofa fallen. Die Stimme am anderen Ende der Leitung gehörte ausgerechnet Christine. »Nein, nein«, murmelte ich verwirrt. Wie konnte das sein? War Christine denn wieder gesund? Sie hörte sich gut an. Wollte sie sich bei mir entschuldigen?

»Alles okay bei dir?«, hörte ich sie fragen.

»Ja, doch«, murmelte ich und räusperte mich. »Entschuldige, ich bin nur noch etwas verschlafen. Wie geht es dir?«

»Bestens«, antwortete Christine.

»Hast du alles gut überstanden?«, fragte ich sie vorsichtig.

»Alles wieder in Ordnung«, lachte sie. »War ja zum Glück nur eine ordinäre Erkältung, die mich die letzten Tage lahmgelegt hat.«

Mich beschlich ein mulmiges Gefühl. »Wie geht es Paul und Tim?«

»Ach, wunderbar«, antwortete sie. »Die Zwerge hat es noch vor mir erwischt. Wahrscheinlich aus dem Kindergarten eingeschleppt, wie das immer so ist. Vor allem Amelie hatte ziemlich mit Husten zu kämpfen.«

Mir stockte der Atem.

»Aber eigentlich rufe ich an, um dich zu fragen, wie es dir geht«, fuhr sie fort. »Wir drücken dir alle fest die Daumen für die Nachuntersuchung!« Als ich nicht antwortete, sprach sie weiter: »Kommt Victor gut damit zurecht? Ich meine, es besteht ja eigentlich kein Risiko, aber …«

Mehr hörte ich nicht. Ich hatte den Hörer fallen gelassen und rannte ins Bad. Dort übergab ich mich.

Als Johanna die Wohnungstür aufschloss, war ich immer noch verstört und unfähig, mich zu bewegen. Ich hatte mich in der Ecke des Sofas zusammengekauert. Der Telefonhörer lag auf dem Boden, ich hatte ihn nicht mehr angerührt.

»Was ist passiert?«, fragte Johanna erschrocken und nahm mich in den Arm.

»Kannst du«, flüsterte ich, »kannst du nachschauen, ob das Gespräch beendet ist?« Zitternd zeigte ich auf das Telefon am Boden.

»Aber klar«, erwiderte Johanna erstaunt und hob es auf. »Da, schau«, sie hielt es mir entgegen, »alles, wie es sein soll.« Das Display zeigte die Uhrzeit an. »Warum?«, fragte sie.

Ich holte tief Luft und beruhigte mich etwas. »Eben hat Christine angerufen«, sagte ich schließlich.

»Ach, wirklich?«, fragte Johanna beunruhigt. »Von der Klinik aus?«

»Nein, ich glaube nicht«, antwortete ich. »Eigentlich weiß ich gar nicht mehr, was ich glauben soll. Als hätte ich mit einem Geist telefoniert.« Ich gab das Gespräch wieder. »Es hat sich so echt angehört«, schloss ich meine Schilderung, »als ob sie gar nicht mit mir, sondern mit der Marie in Paris sprechen würde.«

»Jetzt reicht's!«, zischte Johanna wutentbrannt. »Es ist mir scheißegal, wie schlecht es dieser Verrückten geht, jetzt mache ich ihr die Hölle heiß. Was bildet die sich ein, sich so in unser Leben einzumischen?!«

»Warte, Johanna!«, bat ich sie.

Aber sie drückte schon wütend auf den Tasten des Hörers herum. »Merkwürdig, da ist gar keine Nummer in der Anrufliste gespeichert«, murmelte sie schließlich.

»Die war unterdrückt«, presste ich hervor.

»Egal, dann rufe ich eben bei denen zu Hause an«, entschied meine Freundin wild entschlossen, »die Nummer haben wir schließlich.«

Sie hatte recht. Aber vielleicht wäre es trotzdem besser gewesen, sie von diesem Telefonat abzuhalten. Vielleicht hätten die Dinge dann einen anderen Lauf genommen. Stattdessen verharrte ich reglos in meiner Ecke auf dem Sofa.

Johanna war in die Küche gegangen, um dort nach Christines Nummer zu suchen. Ich hörte, wie sie wählte und dass der Anruf entgegengenommen wurde.

Energisch sprach sie ins Telefon: »Ja, hallo, Tim. Hier ist Johanna. Ich muss mit euch sprechen, so geht das nicht …«

Danach sagte sie nichts mehr.

Bis ins Wohnzimmer konnte ich Tims laute Stimme hören, er schien außer sich zu sein. Er schrie ein paar Mal ins Telefon, dann legte er auf. Einen Moment lang hörte ich gar nichts. Ich sprang auf und lief in die Küche.

Wie angewurzelt stand Johanna da – den Hörer immer noch starr vor Schreck am Ohr.

Dann ließ sie ihn langsam sinken und hauchte: »Paul ist verschwunden.«

KAPITEL 4

»Warum hast du mir nichts davon erzählt, Mama?«, fragte ich meine Mutter vorwurfsvoll am Telefon. »Paul ist verschwunden und ich weiß nichts davon! Christine war mal meine beste Freundin.«

»Ach, Kind«, erwiderte meine Mutter traurig, »ich wollte dich nicht beunruhigen. Der Arzt hat gesagt, du darfst dich auf keinen Fall aufregen.«

»Ja, ist schon in Ordnung«, seufzte ich. »Was ist denn genau passiert?«

»Christines Ehemann hat irgendwann gegen Abend bei uns geklingelt. Wie bei vielen anderen Nachbarn. Ob wir Paul zufällig irgendwo gesehen hätten. Er hat ihn gegen Mittag kurz allein zu Hause gelassen, um einkaufen zu gehen, und als er zurückkam, war sein Kind verschwunden. Seltsam, denn Terrassentür und Haustür waren beide verschlossen. Wir hatten den Kleinen allerdings nicht gesehen und leider auch sonst niemand.« Meine Mutter räusperte sich und fuhr fort: »Die Polizei hat alles auf den Kopf gestellt und nochmals alle Nachbarn befragt. Aber sie haben nichts gefunden. Es wurden keinerlei Einbruchsspuren festgestellt. Man munkelt, die Polizei gehe davon aus, dass Paul davongelaufen ist. Vielleicht aufgrund seiner schwierigen familiären

Situation. Allerdings ist dann immer noch fraglich, wie er aus dem Haus gekommen ist … Jedenfalls, es ist schrecklich.«

Ich schluckte und fragte: »Wie geht es Christine?«

»Sie ist immer noch in Behandlung, kann also damit nichts zu tun haben. Wir vermuten, dass man ihr nichts erzählt hat, um sie nicht weiter zu destabilisieren.«

Das Wort »Psychiatrie« brachte meine Mutter nicht über die Lippen. Aber ich verstand auch so, was sie mir sagen wollte.

Ja, es war schrecklich. Kein Wunder, dass Tim bei Johannas Anruf die Nerven verloren hatte. Aber das hieß auch: Christine war noch immer in der geschlossenen Abteilung der Klinik. Konnte sie von dort aus telefonieren, ohne dass es jemand mitbekam? Und würde sie in solch einer Situation so unbeschwert mit mir reden? Da musste sie ja wirklich eine gespaltene Persönlichkeit haben. Aber dieser merkwürdige Anruf war auf einmal auch völlig belanglos. Was war der schon gegen das Verschwinden eines Kindes? Ich kam mir auf einmal jämmerlich vor. Wie ich da in meinem Pyjama auf dem Sofa gehockt und mich nicht getraut hatte, das Telefon in die Hand zu nehmen. Während anderswo Menschen Todesängste um ihr Kind ausstanden.

»Ich komme mir vor wie eine Memme«, gestand ich Johanna kleinlaut, als ich ihr von dem Telefonat mit meiner Mutter berichtete.

»Ach was«, sagte sie und legte mir den Arm um die Schulter. »Wenn, dann bin halt ich jetzt bei Tim unten durch. Und damit kann ich, glaube ich, ganz gut leben«, grinste sie, wurde aber gleich wieder ernst. »Klar ist das eine schlimme Sache. Aber wir sind weder dafür verantwortlich, noch können wir etwas dagegen unternehmen. Solche Dinge passieren leider. Ich bin mir sicher, dass sie Paul wiederfinden werden. Du hast ja selbst gesagt, welch ein intelligenter kleiner Junge er ist. Der lässt sich nicht einfach so entführen.«

»Hoffentlich hast du recht.«

»Noch was anderes«, sagte sie. »Hatte ich irgendwie total vergessen, sorry: Meine Cousine Clara in Berlin heiratet und hat uns eingeladen. Anfang Dezember. Meinst du, wir können das einrichten? Beziehungsweise hast du überhaupt Lust nach diesen Neuigkeiten?«

Ich kannte Johannas Cousine zwar nur flüchtig, erinnerte mich aber gut an sie: ein Neunzig-Kilo-Energiebündel mit einer Berliner Schnauze, die jeden Widerspruch dem Erdboden gleichmachte. Außerdem konnte sie herrlich schmutzige Witze erzählen. Ich mochte sie.

»Klaro, den Spaß lasse ich mir nicht entgehen. Allerdings tut mir ihr Zukünftiger schon ein bisschen leid.«

Johanna lachte. »Ja, ich bezweifle auch, dass Hänschen bei der Entscheidung viel mitzureden hatte.«

Das restliche Wochenende verbrachten wir ruhig. Ich musste bis Montag einen Artikel fertigbekommen und Johanna war mit einem Bauprojekt für die Stadt beschäftigt. Wenn sie keine Modelle oder großen Pläne anfertigen musste, konnte sie auch von zu Hause aus arbeiten. Dann saß sie mir schräg gegenüber und zeichnete gedankenversunken vor sich hin, während ich auf der Tastatur herumtippte. Zu gern unterbrach ich hin und wieder meinen Gedanken- und Schreibfluss, um ihr bei der Arbeit zuzuschauen. Ich mochte ihre konzentrierte Art und den ernsthaften Zug, der sich dabei auf ihr Gesicht legte. Sie konnte in ihrer Arbeit aufgehen und dabei alles um sich herum vergessen. Im Gegensatz zu mir. Ich ließ mich nur allzu gerne von Freizeitplanungen und Facebook-Einträgen ablenken. Mir fiel ein, was sie mir über ihre Arbeitswut erzählt hatte: Karriere als Ablenkung von ihrem Kinderwunsch. Ob ich sie mir als Mutter vorstellen konnte? Irgendwie schon. Ziemlich gut sogar. Sie schaute auf. Ich lächelte.

Der Montag kam und mit ihm latente Bauchschmerzen. Das musste wohl an der Aufregung der letzten Tage liegen. Nun, ich hatte eben einen empfindlichen Magen und Fencheltee tat in solchen Fällen meist einen guten Dienst.

Als ich mir den Tee machte, musste ich wieder an das Telefonat mit Christine denken. Und plötzlich kam mir ein Gedanke. Ich setzte mich eilig an den Computer und rief auf der Webseite unseres Telefonanbieters die Liste mit den Gesprächsverbindungen der vergangenen Tage auf. Vielleicht war hier die Nummer abgespeichert, von der aus Christine mich angerufen hatte. Ich scrollte nach unten. Und nach oben. Und noch einmal nach unten. Für Samstag wurde nur ein Gespräch angezeigt: das mit meiner Mutter.

Ich ließ die Hände auf die Knie sinken. Denn mit einem Mal wurde mir bewusst: Egal, wie lange ich hier noch klickte und scrollte, ich würde nichts finden. Diese Verbindung existierte nicht. Es war wie mit den Briefen: In Wirklichkeit hatte es sie nie gegeben.

Okay, ganz ruhig. Nicht aufregen, hat der Arzt gesagt. Du hast in der letzten Zeit zu viel erlebt, um dich ausgerechnet davon aus der Fassung bringen zu lassen, versuchte ich mich zu beschwichtigen. Aber egal, wie stark ich mich bemühte, der Gedanke war da und ließ sich nicht mehr wegwischen: Was war, wenn dieses Gespräch nie stattgefunden hatte? Johanna war erst später gekommen, es gab keine Zeugen und keine Verbindungsdaten, rein gar nichts. War es möglich, dass ich mir alles nur eingebildet hatte? Spielte mir mein Gehirn einen Streich? Hatte vielleicht meine Krankheit etwas damit zu tun?

Immer noch aufgewühlt, rief ich bei meinem Arzt an und vereinbarte einen Termin. Der war sowieso längst überfällig. Zum Glück konnte mich die Sprechstundenhilfe noch am selben Tag dazwischenschieben.

»Frau Kluge, es freut mich, Sie mal wieder zu sehen. Wieso haben Sie denn Ihre letzten Termine nicht wahrgenommen?«, fragte mich der Arzt ein wenig vorwurfsvoll, als er mir zur Begrüßung die Hand reichte.

Tja, gute Frage. Weil ich die Seine entlangspaziert war? Oder mit André im Café gesessen und Petits Fours verschlungen hatte? Es war unglaublich, wie gut es mir in Paris gelungen war, die tödliche Bedrohung in meinem Kopf zu verdrängen. Ich versuchte, so plausibel wie möglich den Grund für meine plötzliche Reise zu erklären.

»Es ist Ihre Entscheidung, was Sie tun«, sagte der Arzt, nachdem er mir schweigend zugehört hatte. »Sie sollten sich nur bewusst sein, welches Risiko Sie damit eingehen. Ihr Zusammenbruch ist erst ein paar Wochen her, es stehen noch wichtige Untersuchungen aus.«

»Sie haben vollkommen recht.«

»Na gut, dann erzählen Sie mir jetzt mal, wie es Ihnen geht.«

Ich berichtete ihm, wie es mir in den letzten Wochen gesundheitlich ergangen war. Was überwiegend positiv ausfiel, da ich kaum Beschwerden gehabt hatte. Zögerlich kam ich schließlich auf den eigentlichen Grund meines Besuchs zu sprechen. »Ist es möglich, dass so ein Aneurysma Veränderungen in der Wahrnehmung hervorruft?«

»Was meinen Sie damit konkret?«, fragte der Arzt zurück.

»Ich meine, dass man Dinge wahrnimmt, die es vielleicht gar nicht gibt. Zum Beispiel Geräusche.«

Der Arzt musterte mich prüfend und antwortete: »Ihr Aneurysma befindet sich in einem Bereich des Gehirns, in dem Wahrnehmungsveränderungen durchaus im Rahmen des Möglichen sind. Solche Fälle wurden bereits beschrieben. Allerdings sind diese Symptome in der Regel eher diffus. Um welche Geräusche handelt es sich denn?«

»Telefonklingeln zum Beispiel.«

»Hmm. Ich denke, das ist möglich. Je nachdem, wie Ihr Telefon klingt, handelt es sich dabei eher um ein unspezifisches Geräuschmuster. Da kann einem das Gehirn auch unabhängig von einer Krankheit mal einen Streich spielen. Zum Beispiel, wenn man übermüdet ist... Gab es sonst noch etwas?«

»Ach, nichts Konkretes«, sagte ich schnell. »Ich war

auch noch im Halbschlaf, wahrscheinlich hat es gar nichts zu bedeuten.« Feigling!

»Wir sollten das auf jeden Fall im Auge behalten.«

Ich nickte.

Als Johanna abends nach Hause kam, berichtete ich ihr von dem Termin und von den Untersuchungen, die in nächster Zeit anstanden.

KAPITEL 5

Im Laufe der Woche sprachen wir öfter über Kinder. Einfach so, ohne konkret zu werden. Es war schön, sich so verbunden zu fühlen. Es ging erst mal nicht darum, wann und wie wir es bewerkstelligen wollten, sondern darum, dass wir es wollten. Wenn es so weit war, gab es noch genug Fragen zu klären: anonyme Samenspende oder nicht? Wenn nicht, wen würden wir fragen? Und welche Rolle würde derjenige in Zukunft für das Kind spielen? Als Onkel? Oder Papa? Würden wir in eine Klinik gehen oder es zu Hause versuchen? Ein befreundetes Lesbenpärchen war per »Bechermethode« schwanger geworden – und zwar gleich beim ersten Versuch. Sie meinten, es sei zwar etwas seltsam gewesen, dass der beste Freund und Samenspender gleich im Zimmer nebenan aktiv geworden war, aber nun ja, es hatte funktioniert. Andere versuchten es dagegen schon seit Jahren mit ärztlicher Unterstützung und es wollte trotzdem nicht klappen. Es gab keine Garantie. Aber wann gab es die schon im Leben?

Es tat gut, sich mit solch »technischen« Fragen erst einmal nicht beschäftigen zu müssen, sondern einfach nur gemeinsam nach Babymöbeln zu googeln, Elternzeitschriften durchzublättern und Kinderserien zu gucken. Als ich irgendwann Johannas Unterlagen auf dem Schreibtisch zusammenlegte, fiel mir eine Zeichnung in die Hände: der Grundriss eines Kinderzimmers. Ich lächelte, mischte die Skizze wieder unter das Papier und verriet ihr nichts von meinem Zufallsfund.

Johanna wirkte ausgeglichener als sonst. Irgendein Druck schien von ihr abgefallen zu sein, seitdem wir über das Thema gesprochen hatten. Und auch ich war ruhiger geworden. Wenn da nicht die Sache mit den Briefen gewesen wäre, die nur darauf zu warten schien, sich wieder unangenehm in Erinnerung zu bringen. Als es schließlich so weit war, traf es mich dennoch unerwartet und mit voller Wucht.

Es passierte kurz vor dem Wochenende, an dem wir nach Berlin fahren wollten. Ich war gerade dabei, die letzten Zeilen eines Interviews in den Computer zu tippen, als das Telefon klingelte. Der Schriftgutachter war am Apparat. Er begrüßte mich mit einem formellen »Guten Tag, Frau Kluge« und ich bekam auf Anhieb Herzklopfen.

Mit einer Stimme, die genauso emotionslos war wie sein Gesichtsausdruck bei unserem Zusammentreffen, erklärte er mir: »Frau Kluge, ich habe nun das Foto und die Briefe untersucht, die Sie mir vorgelegt haben. Einschränkend muss ich vorwegnehmen, dass die vorliegenden Ergebnisse vor Gericht wahrscheinlich keinen Bestand hätten. Dafür bräuchte ich mehr Vergleichsmaterial und müsste noch tiefer in die Analyse gehen.«

War ja klar, dass er das vorneweg sagen würde. Ich saß wie auf heißen Kohlen.

»Nun ja«, sprach er weiter, »bei den Verfassern der

Briefe handelt es sich sehr wahrscheinlich um die Personen, von denen mir auch die Vergleichsschriftproben vorliegen.«

Mein Kopf war wie blockiert. Wie bitte?

»Das bedeutet«, fuhr er fort, »die Briefe stammen von den Personen, die sie auch unterschrieben haben: Christine Hausmann und …«

»Marie Kluge«, sagte ich tonlos, »also von mir.«

Der Sachverständige räusperte sich. »Es gibt in beiden Fällen minimale Abweichungen, die mit nur sehr geringer Wahrscheinlichkeit eine Fälschung in Betracht ziehen lassen. Eher würde ich diese Abweichungen jedoch auf persönliche Lebensumstände und Entwicklungen zurückführen. Sie können sich sicherlich vorstellen, dass sich eine Handschrift im Laufe des Lebens verändert, zwar nie grundlegend, aber dennoch ein wenig. Wenn wir schwere Krankheiten und altersbedingte Gebrechen mal außer Acht lassen.«

»Ich verstehe«, flüsterte ich, meine Stimme nur noch ein Hauch.

Unbeirrt fuhr der Sachverständige fort: »Hinsichtlich des Fotos steht meine Aussage unter einem noch größeren Vorbehalt, da ich eigentlich nicht auf Fälschungen dieser Art spezialisiert bin. Meinen Untersuchungen nach ist es echt und wurde vor circa einem Jahr mit einer hochauflösenden Digitalkamera aufgenommen. Ich konnte keinerlei Retuschen oder Manipulationen feststellen.« Da er nun wohl doch merkte, wie schockierend diese Erkenntnisse für mich sein mussten, fügte er beschwichtigend hinzu: »Frau Kluge, die Ergebnisse behandle ich natürlich streng vertraulich. Die Unterlagen können Sie jederzeit in meinem Büro abholen. Nehmen Sie sich all das nicht zu sehr zu Herzen. Letzten Endes ist es nur Papier.«

Geschockt legte ich auf. Nur Papier. Nur ein Brief. Nur ein Foto. Und doch war es der endgültige Beweis dafür, dass mit meinem Leben etwas nicht stimmte. Dass womöglich mit mir etwas nicht stimmte. Ich selbst hatte die Briefe an Christine geschrieben. Natürlich nicht hundertprozentig erwiesen, aber was hieß das schon. Ich brauchte Hilfe und ich brauchte sie schnell.

In dem Moment schloss Johanna die Tür auf. Eigentlich wollte sie nur etwas holen und dann zurück ins Büro fahren, blieb aber, als sie mich sah.

Mit brüchiger Stimme erzählte ich ihr alles.

Am Ende starrte sie mich fassungslos an. »Mein Gott«, flüsterte sie schließlich, »und ich habe auch noch vorgeschlagen, diesen Typen zu fragen. Weil ich so fest davon überzeugt war, dass er beweisen würde, dass es sich um Fälschungen handelt. Es tut mir so leid.« Sie drückte mich fest an sich. Dann schaute sie mich eindringlich an. »Hör zu, Marie, was auch immer diese scheinbaren Fakten aussagen, es bedeutet gar nichts, okay?«

»Vielleicht bin ich ja tatsächlich verrückt«, erwiderte ich leise.

»Nein, das bist du nicht«, sagte sie energisch. »Du bist meine Freundin und du bist unter keinen denkbaren Umständen verrückt, hast du mich verstanden? Was auch immer dieser Sherlock Holmes mit seiner Lupe entdeckt haben mag, es hat nichts mit dir zu tun.«

Am nächsten Tag fuhren wir nach Berlin. Ich fühlte mich immer noch wie gelähmt, aber vielleicht war ja eine Hochzeit genau das Richtige, um zumindest ein wenig auf andere Gedanken zu kommen. Denn das Einzige, was mir gerade wirklich half, war Ablenkung. Es gab keine Möglichkeiten mehr, die Herkunft der Briefe plausibel zu erklären. Natürlich, Johanna bestand darauf, dass sich der Sachverständige schlicht geirrt hatte und wahrscheinlich sowieso bloß ein dilettantischer Aufschneider war. Oder dass es doch jemanden gab, der ein außergewöhnliches Talent dafür besaß, Schriften zu imitieren. Dabei wussten wir beide, wie unwahrscheinlich das war. Eine Handschrift ist wie ein Fingerabdruck, eine Signatur der Seele. So hatte es zumindest dieser Sherlock Holmes ausgedrückt.

Um mich aufzumuntern, erzählte mir Johanna, unter welchen Umständen Hänschen und Clärchen, wie sich die beiden zärtlich gegenseitig nannten, sich kennengelernt hatten.

»Clara war immer meine Lieblingscousine«, begann sie. »Sie hat mich als Jugendliche regelmäßig zu Eishockeyspielen mitgenommen, wo sie alles niedergeschrien hat, was irgendwie nach gegnerischer Mannschaft aussah. Außerdem hatte sie ein Faible für American Football und war Teamleaderin der Berliner Frauenmannschaft. Dort hat sie Hänschen kennengelernt. Er war Physiotherapeut und der Engel des Teams, wie Clara immer sagt. Wahrscheinlich der einzige Engel unter den Damen«, grinste sie. »Jedenfalls haben sie sich irgendwann verliebt. Versehentlich, muss man wohl sagen. Während eines Spiels wurden sie von einem dicken Unwetter überrascht. Clara ist ausgerutscht, hat sich den Knöchel verstaucht und konnte nicht mehr weiterspielen. Schlammbespritzt lag sie auf seiner Trage und hat sich fürchterlich aufgeregt. Sie hat geflucht wie ein Bierkutscher, das kannst du dir sicherlich vorstellen. Irgendwann ist es Hans zu viel geworden und er hat ihr einfach einen Kuss auf den Mund gedrückt. Da war Clara zum ersten Mal in ihrem Leben sprachlos. Und prompt war es um sie geschehen.«

Ich lachte. Manche Dinge konnten so einfach sein.

Kaum waren wir am Rathaus in Neukölln eingetroffen, kam Clara auch schon auf uns zugestürmt. Sie trug ein wallendes weißes, rüschenbesetztes Hochzeitskleid, das sie wie eine überdimensionale Praline aussehen ließ.

»Ich komme mir vor wie eine zerlaufene Sahnetorte«, jammerte sie auch gleich, nachdem sie uns zur Begrüßung überschwänglich geherzt hatte. »Eigentlich wollte ich die Hochzeit unter das Motto ›Würstchen liebt Rollbraten‹ stellen, aber Hänschen wollte es ja unbedingt klassisch. Die katholische Erziehung«, fügte sie mit gedämpfter Stimme hinzu und verdrehte die Augen. Und flüsterte dann weiter: »Seine Mutter treibt mich gerade in den Wahnsinn. Alle halbe Stunde kommt sie mit einem neuen ober- oder unterbayerischen Brauch daher, der angeblich auf keiner Hochzeit fehlen darf. Dabei heiraten wir nicht einmal kirchlich. ›Resi‹, hab ich ihr gesagt, ›Resi, ick bin weder katholisch noch evanjelisch, sondern eenfach nur Berliner. Da jibt's keene jöttlichen Extrawürste.‹ Uiuiui, da war sie außer sich. Aber ich kann sowieso machen, was ich will – seitdem ich den

Bub ihrem mütterlichen Schoß entrissen hab, hat sie mich gefressen ... Oh, da kommt sie ja.«

Eine dünne, nervöse Frau mit allerlei Zetteln in der Hand eilte auf uns zu. Hektisch rief sie: »Clara, darf ich dich vielleicht kurz einmal ...«

»Resi, wie schön!«, fiel ihr Clara strahlend ins Wort. »Darf ich dir meine Cousine Johanna und ihre Freundin Marie vorstellen? Extra aus Hamburg angereist.« Sie machte eine einladende Geste und nutzte die kurze Ablenkung, um unauffällig zu entfliehen.

Hänschens Mutter gab uns die Hand und murmelte: »Soso, Sie kommen also aus Hamburg. Wie schön, dass Sie es einrichten konnten.« Argwöhnisch beäugte sie uns, während wir wie zwei Honigkuchenpferde grinsten.

Die Trauung wurde trotz des ganzen Traras ein geradezu rührendes Ereignis. Wahrscheinlich hatten viele insgeheim auf einen kleinen Skandal gehofft. Ein patziges »Na, jut« anstelle eines »Ja, ich will« oder etwas ähnlich Clara-Typisches. Stattdessen wirkte Johannas Cousine ungewöhnlich ruhig, fast schüchtern. Eine winzige Träne lief ihr über die Wange, als die Standesbeamtin den Trauspruch verlas. Auch Hänschen stand das Wasser in den Augen. Johanna saß an meiner Seite und schniefte ein wenig. Ich griff nach ihrer Hand. Sie lächelte.

Die folgende Feier wurde dafür umso wilder. Claras Freunde aus Berlin hatten das inoffizielle Motto »Würstchen liebt Rollbraten« wörtlich genommen und veranstalteten ein wahres Schlachtfest. Hotdogs knutschten mit Tofuwürsten, die Hochzeitstorte wurde mit einem

Metzgerbeil in Stücke gehackt und jeder Gast musste seinen Namen in eine dicke Schweinehaut tätowieren. Nicht gerade ein Fest für Vegetarier, aber lustig.

Wir aßen, was das Buffet hergab, und tanzten, bis die Füße qualmten. Irgendwann stieß ich mit einem torkelnden Gast zusammen, der sich originellerweise in ein Hühnchen-Kostüm gezwängt hatte.

»Hoppla«, sagte er und lachte.

Ich lachte ebenfalls und wollte gerade etwas erwidern, als mir die Worte im Hals stecken blieben. Denn bei dem versehentlichen Zusammenstoß war mir sein Aftershave in die Nase gestiegen. Fast unkenntlich aufgelöst in einer Party-Schweiß-und-gute-Laune-Mischung, aber unverkennbar für mich: Es war das Aftershave, das Victor benutzte.

Plötzlich fand ich mich in den Katakomben von Paris wieder, umgeben von einer ekstatisch tanzenden Menschenmasse. Die Technobeats drangen durch Mark und Bein und versetzten die Tänzer in verzückte Euphorie. Losgelöst von Zeit und Raum, hoben sie die Hände und feuerten den DJ an. Lucie war von einem Pulk Männern umgeben, hatte die Augen geschlossen und zuckte im Takt der Musik. Eine Strähne klebte über ihrer Stirn. Direkt vor mir tanzte Victor. So nah, dass ich seine Körperwärme und seinen Atem auf meiner Stirn spürte. Gleich würden seine Lippen meine Haut streichen, gleich …

»Huhu, alles klar?« Der Hühnchen-Typ schüttelte mich vorsichtig an der Schulter. »Sorry, ich wollte dir wirklich nicht wehtun.« Besorgt schaute er mich an.

Ich brauchte einen Moment, bis ich wieder im Hier

und Jetzt war. »Schon okay«, murmelte ich hastig. »Nix passiert.«

»Sah aus, als wärst du kurz weg gewesen.«

»Nee, nee, alles gut. Wahrscheinlich nur der Alkohol.«

»Okay. Sorry noch mal.«

Das Hühnchen verschwand in der Menge. Wahrscheinlich war ich ihm unheimlich geworden. Dann stand Johanna plötzlich neben mir.

»Hey, Schatz, alles okay bei dir?«, fragte sie atemlos. Sie hatte rote Wangen und war in bester Partystimmung.

Ich versuchte ein betont fröhliches Lächeln. »Na klar, alles bestens.«

Meine Freundin musterte mich aufmerksam. »Bist du sicher? Hast du Kopfschmerzen?«

Ich konnte ihr nichts vormachen. Trotzdem schüttelte ich entschieden den Kopf. »Alles okay. Ich glaube, ich brauch nur mal ein Wasser.«

»Na gut, Süße. Ich hol dir eins.« Sie drückte mir einen Kuss auf die Stirn.

Wir lachten, tanzten und aßen bis morgens um fünf. Zum Glück hatte ich kein Déjà-vu mehr und die Sache war bald vergessen. Irgendwann ließen wir uns ins Taxi und wenig später ins Hotelbett fallen.

»Gute Nacht, mein kleiner Braten«, murmelte Johanna beim Einschlafen.

Ja, es war eine gute Nacht. Und eine wundervolle Hochzeit. Der kleine Aussetzer war ja eigentlich kaum der Rede wert.

KAPITEL 6

Am nächsten Tag schien die Sonne und es war erstaunlich warm für Dezember. Die Uhr zeigte bereits Mittag an. Johanna hatte versprochen, noch mal bei Clara vorbeizuschauen. Morgen früh mussten wir schon zurück nach Hamburg fahren, da blieb nicht viel Zeit.

Ich fragte sie, ob es okay sei, wenn ich sie nicht begleitete. »Ich würde gerne ein bisschen durch Berlin laufen. Wir können uns ja später irgendwo treffen. Ich glaube, ich brauch einfach mal Zeit für mich.«

»Klar, mein Schatz.«

Ich ließ mich treiben, fuhr kreuz und quer durch den Osten der Stadt und genoss den kratzbürstigen Berliner Charme. Die Stadt boomte. Alle, die gerade auf der Suche waren, schienen sich hier zu treffen. Jeder war irgendwie kreativ, Streetart pflasterte Straßen und Fassaden, Start-ups schossen wie Pilze aus dem Boden. Weniger kreativ dagegen die Immobilienbesitzer, die die Mieten ihrer schick renovierten Altbauwohnungen in ungewohnte Höhen schießen ließen. Kein Wunder, dass an allen Ecken der Sozialkrieg tobte.

Plötzlich fand ich mich in einer Straße wieder, deren Name mir bekannt vorkam. Nachdenklich musterte ich das Straßenschild. Dann fiel es mir siedend heiß ein: Es war die Straße, die als Absenderadresse auf Christines Briefen gestanden hatte. Ich bekam Herzklopfen, beruhigte mich aber schnell wieder, als ich das friedliche Treiben um mich herum betrachtete. Latte-macchiato-Mütter und -Väter saßen vor kleinen Cafés und ließen sich die vielleicht letzten warmen Sonnenstrahlen des Jahres auf die Nase scheinen. Touristen flanierten den Bürgersteig entlang, der von Bio-, Platten- und Modeläden gesäumt war. Überall hörte man Englisch und Spanisch.

Die Straße grenzte an eine Grünfläche mit Spielplatz, an dem ich langsam vorbeilief. Versonnen betrachtete ich die spielenden Kinder und wurde ein wenig sentimental. Eine schöne Vorstellung, am Wochenende zusammen auf den Spielplatz zu gehen, um eine Sandburg zu bauen oder Matschkuchen zu backen. Dann blieb ich abrupt stehen. Mein Atem stockte. Das konnte nicht sein!

Am Rand des Sandkastens, abseits der anderen Kinder, saß ein kleiner Junge und zeichnete mit einem Stock Linien in den Sand. Er schien von seiner Umgebung nichts mitzubekommen, so vertieft war er in seine Tätigkeit. Ich ging langsam auf ihn zu. Und je näher ich ihm kam, desto größer wurde die Gewissheit: Das war Paul. Christines Sohn.

Ich schaute mich um, als erwartete ich, irgendwo seine Mutter zu entdecken. Aber das war natürlich unmöglich. Paul musste tatsächlich weggelaufen und irgendwie nach Berlin gelangt sein. Zugegeben, er war ein schlaues Kerlchen und ein hochintelligenter Fünfjähriger – aber wie sollte er das bewerkstelligt haben? Schließlich war er als vermisst gemeldet und wurde von der Polizei gesucht. Wie war es möglich, dass ich ihn friedlich zeichnend in einem Berliner Sandkasten antraf?

All das schoss mir durch den Kopf, als ich auf ihn zuging. »Hallo, Paul«, sagte ich sanft, als ich direkt neben ihm stand.

Er hob den Kopf und musterte mich eine Weile. »Hallo, Marie«, antwortete er schließlich und wandte sich wieder seinen Zeichnungen zu. Als ob es das Normalste der Welt wäre, dass ich ihn hier antraf.

Ich war froh, dass er mich erkannt und sich nicht erschreckt hatte. Langsam setzte ich mich neben ihn und schaute ihm eine Weile zu. Seine Zeichnungen erinnerten mich an Hieroglyphen, die ich nicht entziffern konnte. »Was zeichnest du da?«, fragte ich ihn.

»Es ist eine Geheimsprache«, erklärte er, »nur ich kann sie verstehen.«

»Und was steht dort?«, fragte ich weiter.

»Das darf ich dir nicht verraten«, erwiderte er, »sonst wäre es keine Geheimsprache mehr.«

»Da hast du natürlich recht«, sagte ich. Ich überlegte, was ich jetzt machen sollte.

»Wo sind denn deine Eltern?«, fragte ich vorsichtig.

Die Antwort kam prompt: »Mama ist mit Amelie einkaufen, ich soll hier so lange auf sie warten.«

Ich erschrak etwas, versuchte aber, mir nichts anmerken zu lassen. Paul schien in einer Fantasiewelt zu leben. Er würde mir nicht glauben, wenn ich ihm erzählte, dass seine Eltern gar nicht hier sein konnten. Sicherlich würde er sich weigern, wenn ich ihn bitten würde, mit mir zu kommen.

»Und wo sind sie einkaufen?«, fragte ich deshalb.

»Im Bioladen«, sagte er und zeigte auf das kleine Geschäft gegenüber.

Ich überlegte fieberhaft und sagte schließlich: »Weißt du was, ich hole deine Mutter ab. Sie hat ja keine Ahnung, dass ich gerade in Berlin bin, da ist das bestimmt eine tolle Überraschung. Und du wartest hier auf uns, okay?«

»Ja, klar«, erwiderte Paul leichthin und malte weiter.

Kaum war ich außer Hörweite, zog ich fieberhaft das Handy aus der Tasche und rief Johanna an. Es klingelte eine gefühlte Ewigkeit, bevor meine Freundin endlich dranging.

»Hanna«, rief ich atemlos, noch bevor sie etwas sagen konnte, »du wirst es nicht glauben, aber ich habe Paul gefunden«.

Schweigen.

Dann die ungläubige Stimme meiner Freundin: »Was? Wo?«

»In Friedrichshain am Boxhagener Platz. Du musst unbedingt sofort kommen! Er glaubt, seine Mutter wäre hier, und wartet auf dem Spielplatz auf sie. Ich muss sofort zurück, sonst fängt er womöglich noch an, sie zu suchen.«

Wieder Schweigen.

Dann: »Okay, ich komme, so schnell ich kann!«

Ich atmete auf. Dann drehte ich mich um.

Paul war weg.

Das konnte nicht sein, vor einer Minute war er doch noch hier. Gehetzt schaute ich mich um und lief den Spielplatz entlang. Er war nirgendwo zu entdecken. Ich fragte die Eltern auf den Parkbänken, ob sie einen kleinen Jungen gesehen hätten, erntete aber nur ein »Leider nein« und mitleidige Blicke.

»Sie müssen den kleinen fünfjährigen Jungen doch gesehen haben, der dort drüben gespielt hat. Sie haben ihm doch direkt gegenübergesessen«, sagte ich fast erbost zu einer Frau, die uns die ganze Zeit beobachtet hatte, ich erinnerte mich genau.

Sie schüttelte nur den Kopf und musterte mich skeptisch.

Ich rannte zu dem Bioladen, in dem nach Pauls Aussage seine Mutter gerade einkaufen war. Bis auf zwei junge Punks war der Laden aber leer. Ich fragte den Verkäufer, aber Fehlanzeige, lief die Straßen auf und ab, rief Pauls Namen – nichts.

Als Johanna eine halbe Stunde später eintraf, war ich in Tränen aufgelöst.

Sie nahm mich in den Arm und fragte sanft: »Wo war er denn, als du ihn das letzte Mal gesehen hast?«

»Dort drüben«, sagte ich und zeigte auf die Ecke des Sandkastens. »Er hat seltsame Zeichen in den Sand gemalt.«

Wir gingen hinüber.

»Da ist nichts«, stellte Johanna fest.

Der Sand zeigte Spuren spielender Kinder, aber keine geheimen Zeichen.

»Wahrscheinlich hat er sie weggewischt, bevor er verschwunden ist«, murmelte ich. »Meinst du, wir sollten die Polizei rufen?«

Meine Freundin schaute mich nachdenklich an und legte schließlich einen Arm um meine Schulter.

»Komm, Schatz, wir trinken jetzt erst mal einen Kaffee und dann überlegen wir weiter. Vielleicht kommt er in der Zwischenzeit ja auch zurück.«

Wir setzten uns in ein Café, von dem aus wir alles gut überblicken konnten. Paul tauchte jedoch nicht mehr auf.

Nachdem eine halbe Stunde vergangen war, beschlossen wir, noch einmal den Spielplatz und die Umgebung abzusuchen und danach die Polizei zu rufen. Wir zahlten und durchkämmten jeden Winkel im näheren Umkreis. Johanna zog gerade ihr Handy aus der Jackentasche, als ich ihn plötzlich entdeckte. Er stand an einer Straßenecke und beobachtete uns.

Ich vergaß jede Vorsicht, rannte auf ihn zu und umarmte ihn. »Mensch, Paul, wo warst du denn bloß? Wir haben uns Sorgen gemacht.«

»Ich musste noch etwas erledigen«, erklärte Paul sachlich. »Wer ist das?«, fragte er und zeigte auf Johanna.

Die stand immer noch auf der anderen Straßenseite, hatte ihr Handy sinken lassen und starrte uns mit aufgerissenen Augen an.

»Das ist Johanna, meine Freundin«, sagte ich. »Du wirst sie mögen, warte ab.« Ich winkte ihr zu. »Komm rüber, Paul möchte dich kennenlernen.«

Sie stand jedoch wie angewurzelt da.

»Jetzt komm schon«, rief ich ungeduldig, »es ist alles in Ordnung.«

Langsam, fast mechanisch überquerte sie die Straße und kam auf uns zu. Dann blieb sie schreckensbleich vor mir stehen.

»Was ist denn los?«, fragte ich erstaunt. »Schau mal, wen ich hier habe.«

Johanna sagte nichts und starrte mich nur weiter entsetzt an. Paul ließ meine Hand los.

»Was hast du denn, Schatz?«, fragte ich unruhig.

Plötzlich schossen ihr Tränen in die Augen und sie flüsterte mit erstickter Stimme: »Marie, da ist nichts.«

»Was?«, schrie ich entgeistert, »aber hier, schau doch ...« Ich wandte mich um.

Paul war weg, spurlos verschwunden. Von einer Sekunde auf die andere.

Wie wild drehte ich mich um die eigene Achse. »Aber er war doch gerade noch hier. Wo ist er denn bloß ...« Ich erstarrte.

Johanna weinte und sagte leise: »Hier ist kein Paul. Hier ist überhaupt kein Kind.«

»Oh, mein Gott«, hauchte ich entsetzt, als ich begriff.

»Marie, du brauchst Hilfe.«

KAPITEL 7

»Es ist eher unwahrscheinlich, dass Sie an einer Schizophrenie leiden«, erklärte mir der Arzt ruhig, nachdem ich ihm aufgewühlt von dem nichtexistenten Telefongespräch und dem eingebildeten Zusammentreffen mit Paul erzählt hatte.

Die Briefe hatte ich gar nicht erwähnt. Es klang auch so schon alles unglaublich genug. Johanna und ich waren nach dem Ereignis am Samstag beide mit den Nerven am Ende. Jetzt halfen keine Beschwichtigungen mehr, kein »Das wird schon wieder«. Nun konnten wir nicht mehr die Augen davor verschließen, dass mit mir etwas nicht stimmte. Ich hatte Johanna versprochen, mit dem Arzt zu reden. Zum Glück hatte ich am Montag ohnehin einen Termin wegen meines Aneurysmas. Und nun saß ich hier in seiner Praxis und konnte die Tränen nicht mehr zurückhalten.

Der Arzt reichte mir ein Taschentuch und fuhr mit beruhigender Stimme fort: »Eine Schizophrenie ist dadurch gekennzeichnet, dass die Betroffenen ihre Wahnvorstellungen nicht als solche erkennen. Sie würden eine Verschwörung vermuten, wenn sie jemand davon abbringen will. Selbst objektive Beweise können sie nicht vom Gegenteil überzeugen. Das ist bei Ihnen keineswegs so. Sie haben in beiden Fällen gemerkt, dass es sich um irreale Phänomene handelt.«

Er nahm einen Stift zur Hand und machte sich Notizen. Dann fragte er mich: »Haben Sie an dem Tag oder am Abend davor Medikamente, Drogen oder Alkohol zu sich genommen?«

»Wir waren am Tag zuvor auf einer Hochzeit, da habe ich ein wenig Sekt und Wein getrunken. Aber insgesamt höchstens drei Gläser. Sonst habe ich nichts genommen, weder Drogen noch Medikamente. Mir ging es gut an dem Tag.«

»Sehen Sie häufiger Objekte oder nehmen Geräusche wahr, die nicht nachweisbar sind?«

Zögerlich schüttelte ich den Kopf. »Nicht dass ich wüsste.«

Plötzlich fragte ich mich, ob das stimmte. Wusste ich wirklich, ob all das, was ich in der letzten Zeit erlebt hatte, real war? Ich musste an Paris denken und die Katakomben. An den letzten Abend mit Victor. War das wirklich passiert? Konnte mein Gehirn noch zwischen Realität und Illusion unterscheiden? Wer weiß, was ich mir noch alles einbildete? Vielleicht waren viele Dinge, die ich erlebt zu haben glaubte, gar nicht wahr. Vielleicht war mein Leben, wie ich es sah, bloß ein wahnhaftes Konstrukt, ein Hirngespinst.

Der Arzt stellte mir noch ein paar Fragen, die ich wie in Trance beantwortete. Dann schaute er mich ernst an. »Frau Kluge, nach all dem, was Sie mir erzählt haben, kann das Aneurysma allein nicht für die Halluzinationen verantwortlich sein. Es ist mehr als unwahrscheinlich, dass es so konkrete Wahrnehmungen hervorruft.

Natürlich werden wir das weiter untersuchen, aber ich muss Sie trotzdem zusätzlich an einen Psychiater überweisen.«

Ich zuckte leicht zusammen.

»Sie müssen sich keine Sorgen machen«, fuhr er beschwichtigend fort, »Sie sind dort in guten Händen.«

»Lassen Sie mich ...«, stotterte ich, »lassen Sie mich einweisen?«

»Nein, nein«, lächelte er, »meine Sprechstundenhilfe wird nur einen Gesprächstermin in der Praxis für Sie vereinbaren.« Und fügte ernster hinzu: »Da ich bei Ihnen Eigen- oder Fremdgefährdung ausschließe, muss ich Sie nicht einweisen lassen. Aber Sie müssen den Termin wahrnehmen, Frau Kluge.«

»Ja, natürlich«, beeilte ich mich zu sagen.

Der Arzt gab mir die Hand und betonte zum Abschied noch einmal, dass ich gerade jetzt Ruhe brauche. »Versuchen Sie, viel zu schlafen, vermeiden Sie Stress und essen Sie ausgewogen. Ich sehe Sie dann nächste Woche wieder.«

Als ich Johanna abends von dem Termin und der Überweisung zum Psychiater erzählte, wirkte sie beunruhigt. Dunkle Augenringe zeichneten ihr Gesicht, sie hatte letzte Nacht wohl genauso schlecht geschlafen wie ich.

»Ich weiß, dass das eine krasse Nachricht ist«, sagte ich und legte ihr eine Hand auf den Arm. »Und ich bin so froh, dass du bei mir bist und das alles mitmachst. Vielleicht ist es ja gut, wenn ich mich mal mit jemandem vom Fach unterhalte.« Ein Euphemismus für »in psychiatrische Behandlung gehen«, dachte ich bei mir.

Johanna druckste herum und sagte schließlich: »Ich denke auch, dass es sinnvoll für dich ist. Allerdings … allerdings solltest du dir überlegen, ob du wirklich alles erzählen willst.«

»Wieso?«, fragte ich.

»Na ja«, fuhr sie fort, »vielleicht solltest du die Vorgeschichte mit den Briefen weglassen. Es besteht ja kein unmittelbarer Zusammenhang zu deinen … diesen Erscheinungen und ist wahrscheinlich gar nicht relevant für die Diagnose und Therapie.«

»Da bin ich mir nicht sicher«, sagte ich. »Mit den Briefen hat schließlich alles angefangen. Und wir wissen beide, wie das Schriftgutachten ausgefallen ist.«

»Ich meine ja nur«, erwiderte Johanna, »dass das alles vielleicht ein bisschen viel auf einmal ist. Und es klingt einfach so unglaublich …«

»Wovor hast du Angst?«, fragte ich sie direkt.

»Okay«, seufzte sie, »ich will ehrlich sein: Ich habe Angst, dass sie dir irgendwelche starken Psychopharmaka verschreiben. Das haben sie mal bei einer Schulfreundin von mir gemacht. Ich weiß nicht mehr, was genau sie hatte, ich weiß nur noch, dass sie von den Medikamenten regelrecht niedergebügelt wurde. Das war nicht mehr meine alte Freundin, die vielleicht ein bisschen durchgeknallt, aber wenigstens sie selbst war, sondern ein willenloses, abgestumpftes Wesen. Zu keiner Gefühlsregung mehr fähig.«

Ich schaute sie mit großen Augen an.

»Entschuldige«, sagte sie, »ich will dir keinen Schreck einjagen. Bestimmt läuft bei dir alles ganz anders. Ich würde es nur nicht ertragen, wenn du dich so stark veränderst wie meine Freundin damals, verstehst du. Wenn sich so ein Psychofritze anmaßt, darüber zu befinden, wie du zu sein hast.«

Es war jedoch kein Psychofritze. Die Psychiaterin, die mich freundlich lächelnd begrüßte, als ich drei Tage später das Behandlungszimmer betrat, war mir auf Anhieb sympathisch. Sie mochte vielleicht Mitte vierzig sein, wirkte entspannt und bot mir als Erstes ein Glas Wasser an. Ich nickte. Während sie die Flasche öffnete, fragte sie mich, ob ich einen langen Weg gehabt und gut hergefunden habe. Der übliche Smalltalk eben, er beruhigte mich. Erst nachdem ich ein paar Schlucke getrunken hatte, nahm sie einen Stift zur Hand und fragte: »Warum sind Sie hier, Frau Kluge?«

Ich räusperte mich und sagte: »Na ja, ich sehe und höre Dinge, die nicht wirklich existieren. Genau genommen ist mir das zweimal passiert.«

»Worum handelt es sich dabei?«, fragte die Ärztin weiter.

»Also, das eine war ein Telefongespräch vor circa zwei Wochen. Es war Samstagmorgen und meine Freundin war gerade beim Bäcker, als das Telefon klingelte. Ich bin drangegangen und hatte meine alte Schulfreundin Christine am Apparat. Was eigentlich gar nicht sein konnte, da sie schon vor Wochen in die psychiatrische Abteilung der Klinik in unserem Heimatort eingewiesen wurde.«

Die Ärztin horchte auf. »Warum?«

»Sie hat versucht, sich umzubringen. Die Gründe sind etwas kompliziert zu erklären.«

»Versuchen Sie es trotzdem«, forderte sie mich auf.

Also erzählte ich ihr in Kurzfassung von Christines Fehlgeburt und ihrer Fahrt nach Berlin.

»Wie ist sie auf die Berliner Adresse gekommen?«, bohrte die Ärztin prompt nach.

Ich dachte an Johannas Worte und zuckte mit den Schultern. Zumindest heute wollte ich das Thema »Briefe« nach Möglichkeit vermeiden.

Die Ärztin musterte mich prüfend, gab sich aber mit der Antwort zufrieden.

Dann erzählte ich ihr weiter von dem Telefonat. »Am Anfang dachte ich, okay, entweder wurde sie überraschend aus der Klinik entlassen oder sie hat irgendwie einen Weg gefunden, von dort aus zu telefonieren. Dann wurde das Gespräch allerdings sehr ... befremdlich. Sie hat plötzlich so getan, als wäre sie gar nicht in der Klinik gewesen, und hat angefangen, von ihrer ungeborenen Tochter zu sprechen. Außerdem hat sie mich nach Dingen gefragt, die in meinem Leben gar nicht existieren.«

»Wonach genau?«

»Nach einem angeblichen Lebenspartner und einer Nachuntersuchung, die es nicht gibt. Jedenfalls bin ich so erschrocken, dass ich den Hörer fallen gelassen habe.«

Ich schwieg und die Ärztin sagte ruhig: »Das hört sich für mich aber nicht nach Einbildung an.«

»Na ja«, fuhr ich fort, »als meine Freundin und ich das Gespräch und die Telefonnummer nachrecherchieren wollten, war es nirgendwo aufgezeichnet. Normalerweise hätten der Anruf und die Gesprächsdauer sowohl im Telefonspeicher als auch online abrufbar sein müssen. Sie waren aber nirgendwo registriert. Und ein technisches Versagen in diesem einen Fall ist so gut wie unmöglich.«

Dann erzählte ich von der Begegnung mit Paul in Berlin. Die Ärztin hörte aufmerksam zu und unterbrach mich nur selten.

»Ich wollte ihn Johanna vorstellen, aber in diesem Moment war Paul plötzlich nicht mehr da«, beendete ich meine Schilderung. »Anders gesagt: Er ist nie dort gewesen. Ich habe ihn mir eingebildet. Johanna kann das bezeugen.« Ich schluckte.

Die Ärztin blickte mich ernst an. Sie stellte mir noch Fragen zu meiner Gesundheit und meiner Lebenssituation. Schließlich sagte sie: »Es ist auffällig, dass beide Halluzinationen – Ihre, wie Sie sagen, bisher einzigen – in engem Zusammenhang mit Ihrer Schulfreundin stehen. Wenn ich Sie richtig verstehe, waren Sie einmal sehr eng befreundet. Es muss Sie also sehr mitgenommen haben, dass Ihre Freundin einen Selbstmordversuch unternommen hat. Das könnte auf ein starkes Trauma hindeuten. Und traumatische Erlebnisse können Psychosen auslösen – vereinfacht ausgedrückt. Hinzu kommt Ihre eigene Krankheit, mit der Sie erstaunlich souverän umgehen. Vielleicht überfordert Sie all das mehr, als es Ihnen bewusst ist.«

Ich nickte langsam.

Eine Weile sprachen wir noch miteinander, schließlich sagte die Ärztin: »Frau Kluge, fühlen Sie sich jetzt in der Lage, nach Hause zu gehen und Ihren Alltag zu führen?«

Ich nickte entschlossen.

»Dann würde ich zunächst von Medikamenten absehen. Ich muss Sie erst besser kennenlernen, um entscheiden zu können, ob Neuroleptika in Ihrem Fall sinnvoll sind. Und Sie müssen sich beobachten und mir mitteilen, ob Halluzinationen dieser oder anderer Art weiterhin auftreten.«

»Ja, das mache ich«, erwiderte ich erleichtert.

»Ich möchte Sie gerne in einer Woche wiedersehen«, schloss die Ärztin das Gespräch. »Bis dahin werde ich mich auch mit Ihrem behandelnden Neurologen in Verbindung setzen, um mit Sicherheit ausschließen zu können, dass es sich nicht doch um eine organische Ursache handelt.« Sie lächelte mich an und gab mir zum Abschied die Hand.

Tief atmete ich die kühle Luft ein, als ich die Praxis mit einem neuen Termin in der Tasche, aber noch ohne Diagnose verließ. So gesehen, hatte das Gespräch erst einmal nicht viel gebracht. Aber es war befreiend gewesen, mit jemandem über diese Dinge zu sprechen, ohne gleich entsetzte Blicke zu ernten. Die sachliche, professionelle Art der Ärztin beruhigte mich und verschaffte mir das Gefühl, dass es für alles eine Erklärung gab. Und wenn es eine Erklärung gab, dann gab es wohl auch eine Lösung.

Ich warf einen Blick auf mein Handy. Seltsam, meine Eltern hatten angerufen. Sie riefen mich sonst eigentlich immer nur auf dem Festnetz an. Leicht beunruhigt rief ich zurück.

Meine Mutter nahm den Anruf entgegen. Sie hörte sich fröhlich an.

»Hallo, Mama«, sagte ich, »ihr habt mich angerufen. Ist alles in Ordnung bei euch?«

»Ja, ja«, antwortete sie gut gelaunt. »Ich wollte dir nur unbedingt etwas erzählen, das dich sicherlich aufmuntern wird.«

»Da bin ich ja gespannt«, sagte ich.

»Stell dir vor, Paul ist wieder aufgetaucht! Heute Morgen haben wir es gehört. In der Zeitung steht zwar noch nichts, aber wer Nachbarn hat, braucht ja bekanntlich keine Zeitung.« Sie lachte und fuhr fort: »Seit gestern ist er wieder da. Es heißt, er habe, als sein Vater aus der Schule kam, in seinem Zimmer gesessen und gespielt, als ob nichts passiert wäre. Angeblich konnte er sich an nichts erinnern. Sein Auftauchen ist genauso rätselhaft wie sein Verschwinden. Aber das spielt jetzt auch keine Rolle mehr. Alle sind außer sich vor Freude!«

Ich schloss die Augen und lächelte. Etwas, das mir in den letzten Tagen die Brust zugeschnürt hatte, schien langsam seinen Griff zu lockern.

»Alles in Ordnung, mein Schatz?«, fragte meine Mutter.

»Ja, natürlich«, erwiderte ich. »Ich bin einfach nur sprachlos und kann's kaum glauben. Es tut so gut, das zu hören. Wie geht es Christine?«

»Das ist die nächste gute Nachricht«, antwortete meine Mutter. »Die Ärzte halten sie für stabil genug, um sie bald aus dem Krankenhaus zu entlassen. Das wird auch für Paul das Beste sein. Man wird ihr die Geschichte von seinem Verschwinden zwar schonend beibringen müssen, aber vielleicht ist es ja ein zusätzlicher Ansporn für sie, sich jetzt, nun ja ... zusammenzureißen. Hoffentlich. Uns ist jedenfalls allen ein Stein vom Herzen gefallen.«

»Mir auch, Mama.«

Als Johanna an diesem Abend nach Hause kam, fiel ich ihr um den Hals.

KAPITEL 8

Johanna war genauso glücklich wie ich, dass Paul wieder da war. Wir sprachen es beide nicht direkt aus, hatten aber die leise Hoffnung, dass mit seinem Auftauchen auch meine Halluzinationen verschwinden würden. Ich berichtete ihr von dem Termin bei der Psychiaterin und wie es in der nächsten Zeit weitergehen würde. Es hatte den Anschein, als wendete sich nun alles zum Guten.

Nur mein Körper schien noch nicht wieder richtig fit zu sein. Schon in den letzten Tagen war mir ein latentes Unwohlsein aufgefallen, das ich allerdings auf die turbulenten Zeiten und den damit verbundenen Stress geschoben hatte. Es beunruhigte mich. Ob mein Körper mich warnen wollte? Den Gedanken an das Aneurysma und die ständige Lebensgefahr, die es mit sich brachte, hatte ich bisher ziemlich gut verdrängt. Jetzt, da ich nicht mehr von Wahrnehmungsstörungen heimgesucht wurde, musste ich mich bewusster damit auseinandersetzen. Der letzte Termin bei der Psychiaterin lag bereits einige Zeit zurück.

Ich erzählte dem Neurologen von meinen Ängsten.

»Welche Symptome haben Sie denn?«, fragte er.

»Ich stehe irgendwie ständig unter Strom«, erklärte ich. »Mir ist häufig schlecht oder flau im Magen und mein Gesicht fühlt sich ganz aufgedunsen an.«

»Haben Sie Kopfschmerzen?«, fragte der Arzt weiter.

»Nein, eigentlich nicht«, sagte ich zögerlich. »Es ist eher eine unterschwellige Übelkeit und eine ständige Unruhe. Ich habe schon Magentropfen genommen und trinke Beruhigungstee – es hilft aber nichts.«

»Erbrechen Sie manchmal?«, forschte der Arzt weiter.

»Ja, ab und zu. Heute Morgen zum Beispiel.«

Der Neurologe musterte mich einen Moment lang schweigend. Dann fragte er ganz sachlich: »Frau Kluge, wann hatten Sie Ihre letzte Periode?«

Es traf mich wie ein Schlag. Oh nein. Das konnte, das durfte nicht sein. Ich überlegte fieberhaft. Die letzte Periode war doch erst … nein, Moment, war sie eben nicht. Entsetzt starrte ich den Arzt an. Mir versagte beinahe die Stimme, als ich antwortete: »Ich glaube, das ist fast zwei Monate her. Aber die Sorge wegen der Diagnose und der Halluzinationen … bestimmt hängt das damit zusammen.«

»Das ist gut möglich«, beschwichtigte mich der Arzt. »Ich muss Sie das trotzdem fragen: Können Sie eine Schwangerschaft mit Sicherheit ausschließen?«

Als ich zögerte, fragte er direkter: »Hatten Sie in den letzten zwei oder drei Monaten ungeschützten Geschlechtsverkehr mit einem Mann?«

Verdrängte Bilder tauchten vor meinem inneren Auge auf: Victor, wie er mit leerem Blick im Halbdunkel seiner Wohnung saß. Die leisen Chansons im Hintergrund. Der Geschmack seiner Lippen.

Ich ließ den Kopf sinken und sagte leise: »Ja.«

»Hören Sie, Frau Kluge«, sagte der Arzt ruhig, »Ihr Privatleben geht mich nichts an. Aber es ist für die Behandlung unbedingt notwendig zu wissen, ob Sie schwanger sind. Eine Schwangerschaft könnte einen großen Einfluss auf Ihren Krankheitsverlauf haben.«

Ich nickte stumm.

»Wenn Sie einverstanden sind«, fuhr der Arzt vor, »würde ich jetzt gleich einen Bluttest machen. Das Ergebnis kann ich Ihnen schon morgen früh mitteilen.«

Warum hatte ich daran nicht gedacht? Wie hatte ich nur so verantwortungslos sein können, einfach so mit Victor zu schlafen? Wie ein Kartenhaus brach die neue Unbeschwertheit in sich zusammen. Hatte ich wirklich geglaubt, das Geschehene einfach so hinter mir lassen zu können? Es wegzusperren und zu ignorieren wie einen Traum? Was in jener Nacht passiert war, kam mir so unwirklich vor. Irgendwann war ich sogar der Auffassung gewesen, mir diese Nacht vielleicht auch nur eingebildet zu haben. Jetzt holte sie mich ein – mit erschreckend realen Konsequenzen.

Dass ich schwanger war, stand für mich außer Frage. Kaum hatte der Arzt dies in Erwägung gezogen, war das, was ich vorher nicht hatte wahrhaben wollen, zur quälenden Gewissheit geworden. Ich war bereits jetzt absolut sicher, dass der Test positiv ausfallen würde. Jedes Symptom deutete darauf hin.

Oh, mein Gott. Johanna.

»Guten Morgen, Frau Kluge, wie geht es Ihnen?«, begrüßte mich der Arzt am Telefon.

Ich hatte schlecht geschlafen in der letzten Nacht. Victor, Paris und die Blutuntersuchung waren unaufhörlich durch meine Gedanken gegeistert. Außerdem war mir schon wieder übel. »Es geht schon«, antwortete ich müde.

»Wir haben Ihren Bluttest ausgewertet«, fuhr der Arzt fort, »und haben das sogenannte Schwangerschaftshormon β-hCG nachweisen können. Dem Wert nach zu urteilen, dürften Sie in der fünften oder sechsten Schwangerschaftswoche sein.«

Ich schloss die Augen und murmelte: »Ja, das kommt hin ... Dann bin ich wohl schwanger.«

»Frau Kluge, es wäre mir lieb, wenn Sie heute noch mal in der Praxis vorbeikommen. Es ist sehr wichtig, dass ich Sie über die Risiken dieser Schwangerschaft aufkläre.«

Zwei Stunden später saß ich dem Arzt gegenüber. Er hatte einige Zettel vor sich ausgebreitet, faltete die Hände und schaute mich an. »Ich würde Ihnen gerne zu Ihrer Schwangerschaft gratulieren, Frau Kluge. Aber der Zeitpunkt ist, um es mal so auszudrücken, nicht gerade optimal. Sie müssen sich eine Schwangerschaft wie einen vorantreibenden Impuls vorstellen. Er signalisiert Ihrem Körper: Jetzt geht es los, mach dich bereit. Der Stoffwechsel läuft auf Höchsttouren, es besteht ein erhöhtes Embolierisiko und der Blutdruck steigt. Sie können sich vorstellen, dass dies ein denkbar schlechter Zustand für eine Aneurysma-Patientin ist.«

Ich nickte stumm.

»Das Risiko einer Hirnblutung nimmt signifikant zu.

Von den Gefahren einer natürlichen Geburt mal abgesehen. Die können gerade für Sie besonders hoch sein.« Er schwieg kurz und fuhr dann fort: »Ihr Zustand ist zwar momentan stabil, aber trotzdem in einem kritischen Stadium. Unter diesen Umständen würde ich Ihnen dringend zu einer Hirnoperation raten. Natürlich stellt auch diese ein Risiko für Sie und den Embryo dar. Aber ein deutlich größeres gehen Sie ein, wenn Sie einfach abwarten.« Dann fügte er hinzu: »Vorausgesetzt, Sie möchten Ihr Kind behalten. Das ist natürlich Ihre ganz persönliche Entscheidung.«

Darüber hatte ich noch gar nicht nachgedacht. Natürlich bestand die Option abzutreiben. Es wäre die einfachste Lösung und vor dem Hintergrund meiner Erkrankung mehr als verständlich. Johanna müsste nie davon erfahren und wir könnten es irgendwann, wenn es mir besser ging, aufs Neue versuchen. Ohne das große Risiko für mich und das Kind. Vor allem würde ich dann meine Beziehung nicht aufs Spiel setzen.

Victor tauchte vor meinen Augen auf, aber ich versuchte, das Bild zu verdrängen. Er war der Vater meines Kindes, aber ich wollte und konnte ihn nicht in mein Leben lassen. So sehr das auch schmerzte. Trotzdem sagte ich entschlossen: »Ich möchte das Kind auf jeden Fall behalten.«

Ich hatte mich entschieden, aber damit war längst nicht alles getan. Zunächst standen Untersuchungen bei meiner Gynäkologin an, um zu überprüfen, ob die Schwangerschaft einen normalen Verlauf nahm. Ein Embryo war in der Regel erst ab der siebten Schwangerschaftswoche erkennbar und in den ersten Monaten konnte jederzeit etwas passieren. Lief alles problemlos, musste die Gynäkologin gemeinsam mit dem Neurologen entscheiden, ob, wann und wie eine Operation möglich war. Und selbstverständlich musste ich dazu bereit sein. Mir war bewusst, dass es eine Entscheidung auf Leben und Tod sein konnte. Das jagte mir Angst ein. Noch größere Angst hatte ich jedoch vor einer anderen Aufgabe, die ich bewältigen musste: Johanna alles zu gestehen. Wie sollte ich das bloß machen, ohne sie zu verlieren?

Egal, wie ich es anstellte oder formulierte, ein Schock wäre es immer. Natürlich konnte ich an ihr Mitleid appellieren – schließlich stand mein Leben auf dem Spiel. Oder ich tat so, als könnte ich mich kaum an den Abend erinnern und daran, dass ich mit Victor geschlafen hatte. Aber beides war mies und unaufrichtig. Also blieb nur eines: die schonungslose Wahrheit. Wie Johanna darauf reagieren und was sie dann tun würde, lag nicht in meiner Hand. Ich hatte sie betrogen und nun musste ich mit den Konsequenzen leben.

Ich sagte es ihr noch am selben Abend, nachdem wir gegessen hatten. Johanna hatte voller Appetit die Cannelloni verschlungen, die ich extra frisch zubereitet hatte. Ich selbst hatte kaum einen Bissen runterbekommen – was auch meiner Freundin auffiel.

»Ist alles okay bei dir, Schatz?«, fragte sie, während sie sich zufrieden den Mund abwischte.

Mit Herzklopfen legte ich das Besteck zur Seite und schaute sie an. Meine Lippen bebten, als ich versuchte, die Worte auszusprechen.

»Was ist los?«, fragte sie beunruhigt.

»Johanna ... Schatz, ich bin schwanger.«

Es war raus.

Johanna schaute mich entgeistert an. Dann bekam sie einen Lachanfall. »Willst du mich auf den Arm nehmen?« Als ich nicht reagierte, verstummte sie und wurde blass. »Ist das ...? Das kann doch nicht dein Ernst sein! Warst du nicht gestern bei deiner Ärztin?«

Sie meinte offenbar, ich hätte wieder Halluzinationen und deshalb die Psychiaterin konsultiert. Ich senkte den Kopf und sagte leise: »Ich meine es ernst. Der Neurologe hat einen Bluttest gemacht, es ist eindeutig: Ich bin in der fünften oder sechsten Woche.«

»Was?«, fragte Johanna entsetzt. »Wie soll das gehen?«

Dann schien sie mit einem Mal zu begreifen. Ihre Augen weiteten sich vor Wut und sie schäumte fast, als sie mich fragte: »Doch wohl nicht dieser Victor? Du hast nicht wirklich mit ihm geschlafen, oder? Sag, dass das nicht wahr ist.«

»Doch«, flüsterte ich, »es tut mir so leid.«

»Du hast *was*? Ich fass es nicht. Das glaub ich einfach nicht. Wieso, verdammt noch mal, hast du das gemacht?« Sie war aufgesprungen. Tränen schossen ihr aus den Augen.

»Ich weiß es nicht«, sagte ich schluchzend und ließ den Kopf in die Hände sinken.

»Du weißt es nicht?«, schrie sie mich an. »Du ... du ... Liebst du ihn etwa?«

»Ich liebe dich«, sagte ich und sah sie unglücklich an.

»Und warum tust du dann so was?«

Sie war außer sich und stürzte in die Küche. Ich lief hinter ihr her und versuchte, sie von hinten zu umarmen. Sie schüttelte mich ab.

»Bitte, Schatz«, sagte ich flehend, »es war nur ein einziges Mal. Ich habe mich … ich weiß nicht, warum ich mich so zu ihm hingezogen gefühlt habe.«

Johanna stürmte an mir vorbei, zog sich zitternd die Schuhe an und riss ihren Mantel vom Haken.

»Johanna, warte, bitte! Ich will nur dich. Ich will, dass es unser Kind ist. Und ich verspreche dir, dass ich ihn nie wiedersehen werde. Bitte!«

»Lass mich in Ruhe, Marie!«, zischte sie, öffnete die Tür und schlug sie krachend hinter sich zu.

Als ihre Schritte im Treppenhaus verhallt waren, brach ich zusammen. Ich weinte Rotz und Wasser und wusste kaum, wohin mit meinem Schmerz. Der ganze Kummer schien aus mir herauszulaufen. Nur langsam ebbten die Tränen ab. Ab und zu bebte mein Körper noch, dann blieb er einfach bewegungslos liegen. Ich war leer geweint.

Johanna kehrte in dieser Nacht nicht mehr zurück und auch am nächsten Tag hörte ich nichts von ihr. Verzweifelt versuchte ich immer wieder, sie zu erreichen. Ich hatte Angst. Um sie, um mich, um uns.

Irgendwann schrieb sie mir eine kurze SMS:

> Ich bin bei Daniel und möchte dich weder sehen noch sprechen. Jo

Mein Hals schnürte sich zusammen, die Übelkeit war stärker denn je. Außerdem merkte ich, wie die Kopfschmerzen langsam wieder anfingen. So ging es nicht weiter. Ich machte mir einen Tee, setzte mich an den Küchentisch und holte tief Luft. Ich war verzweifelt, ja. Ich hatte unter Umständen die Frau meines Lebens verloren. Aber ich hatte es mir selbst zuzuschreiben. Schluss mit dem Selbstmitleid! Von jetzt an trug ich nicht nur für mich selbst, sondern auch noch für jemand anderen Verantwortung. Für das Kind, das in mir heranwuchs. Und was immer ich mir antat, tat ich auch ihm an. Wenn es mir schlechtging, ging es auch ihm schlecht. Damit war jetzt Schluss. Ich musste auf mich aufpassen.

Sanft streichelte ich meinen Bauch. Was es wohl werden würde? Eigentlich war es gar nicht wichtig, ich wollte nur, dass es gesund war. Und dass es glücklich wurde in dieser Welt.

Ich überlegte, was ich jetzt machen sollte. Johanna wollte mich nicht sehen, das war eindeutig. Ich hoffte, sie brauchte einfach nur Zeit. Vielleicht war es das Beste, heimzufahren zu meinen Eltern. In eineinhalb Wochen hätte ich sie sowieso besucht, es war kurz vor Weihnachten. Und früher oder später musste ich ihnen ohnehin erzählen, dass ich schwanger war. Morgen hatte ich noch mal einen Termin bei der Gynäkologin und danach bei meinem Neurologen, da konnte ich ihn fragen, ob ich für eine Weile verreisen dürfe.

Erschöpft ging ich zum Sofa, legte mich hin und deckte mich zu. Kurze Zeit später fiel ich in einen tiefen, traumlosen Schlaf.

KAPITEL 9

Der Termin bei der Gynäkologin verlief gut. Im Ultraschall konnte man bereits die Fruchtblase erkennen und mit viel Fantasie noch ein bisschen mehr.

»Der Embryo wird wahrscheinlich in ein bis zwei Wochen richtig zu sehen sein«, erklärte sie mir. »Und wenn Ihre Schwangerschaft weiterhin so planmäßig verläuft, dann winkt er Ihnen einen Monat später vielleicht schon zu.«

Ich lächelte. Wie bedeutungslos alles andere in diesem Moment zu sein schien.

Mein Neurologe nickte zufrieden, als ich ihm die Ultraschallbilder zeigte. Ich war direkt im Anschluss in seine Praxis gekommen. Als ich ihn fragte, ob ich zwei Wochen zu meinen Eltern fahren dürfe, zögerte er zunächst, stimmte aber schließlich zu. »Ich kann verstehen, dass Sie Weihnachten bei Ihrer Familie verbringen möchten«, sagte er. »Momentan scheint Ihr Zustand auch stabil genug für eine kurze Reise. Die wichtigsten Untersuchungen sind ebenfalls abgeschlossen. Sie müssen sich aber sofort bei uns melden, wenn Sie eine Verschlechterung Ihres Gesundheitszustands bemerken.«

»Natürlich«, sagte ich.

»Allerdings sollten wir, noch bevor Sie verreisen, einen Termin für die Hirnoperation finden. Ich würde ihn in Abstimmung mit der Gynäkologin Anfang Januar ansetzen. Vorausgesetzt, Sie erklären sich generell damit einverstanden ... wozu ich Ihnen dringend rate.«

Ich schluckte und nickte entschlossen. »Wenn so das Risiko für mein Kind und mich minimiert wird, möchte ich mich operieren lassen.«

Damit war die Entscheidung gefallen. Das Schicksal schien sie beschleunigt zu haben. Ich setzte alles auf eine Karte – in der Hoffnung, ein gutes Blatt erwischt zu haben.

Als ich in unsere Wohnung zurückkehrte, bemerkte ich, dass Johanna da gewesen war. Ein paar ihrer Sachen fehlten und sie hatte ihr Notebook mitgenommen. Offensichtlich hatte sie vor, länger wegzubleiben. Es gab mir einen Stich. Wie gerne hätte ich sie jetzt in den Arm genommen und ihr alles erzählt. Mit Sicherheit hätte sie die Entscheidung richtig gefunden und mir Mut zugesprochen. Wir hätten gemeinsam überlegt, wie es weitergehen sollte. Jetzt musste ich da alleine durch.

Mein Spiegelbild musterte mich von der Wand gegenüber. Es war blass und dünn. Trotzdem lag eine Entschlossenheit in seinem Gesichtsausdruck, den ich lange vermisst hatte. »Reiß dich zusammen!«, schien es mir sagen zu wollen.

Ich rief meine Eltern an, um ihnen mitzuteilen, dass ich sie schon morgen besuchen kommen würde. Allein. Natürlich waren sie beunruhigt, fragten aber nicht weiter nach. Dann besorgte ich mir ein Zugticket und packte die wichtigsten Sachen zusammen. Mit dem Gedanken an das Baby ging mir das leichter von der Hand, als ich gedacht hatte. Danach kochte ich mir eine Gemüsesuppe, wickelte mich in eine Decke und setzte mich vor den Fernseher. Berieselung war jetzt genau das Richtige. Ich versuchte, nicht an Johanna zu denken.

Bevor ich am nächsten Tag die Wohnung verließ, schrieb ich ihr noch eine kurze Nachricht und legte sie auf den Küchentisch:

Ich bin für zwei Wochen bei meinen Eltern. Du kannst mich jederzeit anrufen. Ich würde mich freuen.
In Liebe, Marie

Dann zog ich die Tür hinter mir ins Schloss, drehte den Schlüssel herum und machte mich auf den Weg.

Meine Mutter nahm mich wortlos in den Arm, als sie mich vom Bahnhof abholte. Es fiel ihr schwer, die Tränen zurückzuhalten.

»Ach, Mama«, sagte ich und drückte ihr einen Kuss auf die Wange.

Zu Hause angekommen, wartete auch schon mein Vater auf uns, den ich sonst nur selten zu Gesicht bekam. Obwohl er längst in Rente hätte gehen können, fuhr er immer noch jeden Morgen ins Büro und blieb bis zum späten Abend. »Ich habe keinen Beruf, sondern eine Berufung«, pflegte er zu sagen. Er war Bauingenieur. Jetzt stand er mit besorgtem Gesicht an der Türschwelle und drückte mich fest.

Aus dem Wohnzimmer duftete es nach meinem Lieblingskinderessen: Spaghetti Bolognese. Was hatte ich für tolle Eltern!

Während wir aßen, sprachen wir ausschließlich über unverfängliche Gesprächsthemen: die Fahrt, das Wetter, die Weihnachtsvorbereitungen.

Dann legte ich das Besteck zur Seite und sagte ernst: »Ich muss mit euch reden.«

Und ich erzählte. Von der Schwangerschaft, von den Untersuchungen und von der Entscheidung, die ich getroffen hatte. Auch von Victor erzählte ich, ohne seinen Namen zu nennen. Nur die Halluzinationen und meine psychiatrische Behandlung erwähnte ich nicht. Als ich fertig war, wirkten meine Eltern blass, aber gefasst.

Ich merkte, dass ihnen etwas auf dem Herzen lag, und mein Vater sprach es schließlich aus: »Ist der Name des Vaters Victor?«

Ich zuckte zusammen und schaute ihn entgeistert an: »Woher weißt du das?«

Meine Mutter räusperte sich und sagte entschuldigend: »Wir wollten dich nicht beunruhigen. Aber wir haben wieder eine etwas seltsame Karte aus Paris bekommen, die – nun ja – mit diesem Victor zu tun hat.«

Sie stand auf und öffnete eine Schublade der Kommode. Dann legte sie einen Briefumschlag auf den Tisch. Auf der Vorderseite stand fein säuberlich die Adresse meiner Eltern – in meiner Handschrift. Ich musste gar nicht erst auf die Rückseite schauen, um zu wissen, wie der Absender lautete. Langsam zog ich die Karte heraus, die in dem Umschlag steckte. Es war eine Einladung zur Hochzeit. Von Marie und Victor Dupont.

Ich schluckte und schloss kurz die Augen. Dann schaute ich meine Eltern fest an. »Ich weiß, das klingt jetzt sehr seltsam – aber diese Karte hat nichts mit mir oder meinem Leben zu tun. Victor ist der Vater des Kindes, das ist aber auch alles. Wir werden niemals heiraten.«

»Ist das wieder einer dieser geschmacklosen Scherze deines Bekannten?«, fragte mich meine Mutter.

»So ähnlich«, antwortete ich lahm. »Ich kann es euch nicht erklären. Es tut mir leid, dass ihr mit diesen Briefen belästigt werdet. Sollten in Zukunft noch mehr kommen, ignoriert sie bitte einfach. Wenn etwas wirklich Wichtiges passiert, dann werde ich euch davon erzählen.«

Mein Vater wollte noch etwas sagen, doch meine Mutter hielt ihn mit einem vieldeutigen Blick davon ab.

Es tat gut, wieder zu Hause zu sein. So oft es mich als Teenager gestört hatte, so sehr genoss ich es jetzt, wie sehr mich meine Eltern umsorgten. Meine Mutter kramte alte Babykleidung aus den Schränken und hörte nicht mehr auf, über das Thema zu reden. Ihre Augen glänzten dabei. Ja, es war schön, sich damit zu beschäftigen. Auch mich machte es glücklich, die kleinen Söckchen und Strampler zu sortieren und mir mein Kind darin auszumalen. Trotzdem schwebte über all dem ein großer Schatten: die Operation. Erst musste ich die bewältigen, bevor ich mein Glück genießen konnte. Davon hing alles ab. Ging etwas schief, musste das nicht zwangsläufig meinen Tod bedeuten. Aber es war nicht auszuschließen, dass ich unter bleibenden Schäden leiden würde. Egal, da musste und wollte ich jetzt durch.

Es war kurz vor Weihnachten, als ich endlich etwas von Johanna hörte. Mein Herz klopfte, als ihre Nummer auf dem Display erschien. »Hallo«, meldete ich mich heiser.

»Hallo«, antwortete sie. Ihre Stimme klang erschöpft.

Dann schwiegen wir einen Moment.

Schließlich fragte sie mich: »Wie geht es dir?«

»Meine Eltern kümmern sich gut um mich«, sagte ich. »Und gesundheitlich ist auch alles in Ordnung. Manchmal ist mir noch schlecht von der Schwangerschaft, aber das wird langsam besser.«

»Ist das Baby gesund?«, fragte sie weiter.

»Als ich das letzte Mal bei der Frauenärztin war, sah alles gut aus. Mittlerweile kann man den Embryo wahrscheinlich sogar schon erkennen.«

Wieder schwiegen wir einen Moment.

Dann sagte ich mit einiger Überwindung: »Ich werde bald operiert, Johanna. Du weißt noch gar nichts davon, aber ich muss das jetzt machen lassen. Ansonsten ist das Risiko zu groß für das Baby und für mich.«

Ich spürte förmlich, wie meine Freundin erschrak. »Wann ist denn der Termin?«, fragte sie mit erstickter Stimme.

»Am 7. Januar, habe ich mit dem Arzt ausgemacht. Ich komme direkt nach Weihnachten zurück nach Hamburg und dann beginnen die Vorbereitungen für die OP.«

Ich hörte ein Schluchzen am anderen Ende.

»Es wird alles gut, Schatz«, sagte ich leise. »Die Ärzte haben es im Griff. Es würde mir sehr helfen, wenn du … wenn ich dich vorher noch mal sehen könnte. Bitte.«

Es dauerte einen Moment, bis sich Johanna gefangen hatte. Dann sagte sie leise: »Okay … Ich muss jetzt auflegen.«

KAPITEL 10

Dann kam Heiligabend. Meine Eltern waren noch kurz bei den Nachbarn, also beschloss ich, einen kleinen Spaziergang zu machen. Eigentlich hätte ich bei Christine vorbeigehen können, aber das war mir gerade zu viel Aufregung. Ich würde sie nach Weihnachten besuchen, das hatte ich mir fest vorgenommen. Also wickelte ich mich in meinen Wintermantel und stapfte los. Die Luft draußen war kalt und roch nach Schnee. Der Wetterbericht hatte weiße Weihnachten versprochen, aber bisher sah es höchstens nach zartem Schneegrieseln aus. Ich mochte diese Stimmung: in Erwartung einer schönen Sache zu sein, die früher oder später eintreten würde. Irgendwann würde ich morgens die Gardinen zur Seite schieben und von einer strahlend weißen Welt begrüßt werden. Dann würde ich mir schnell die Stiefel überziehen, um als Erste über die unberührte Schneedecke zu stapfen. Mit jedem Schritt würde es unter den Sohlen knarzen. Irgendwann würde mich die Lust überkommen, in das eiskalte Pulver zu greifen und ein paar Schneekristalle auf der Zunge zergehen zu lassen. Heimlich natürlich. So was machten ja nur Kinder.

Langsam schlenderte ich durch die vertrauten Sträßchen meiner Jugend. Normalerweise wäre ich jetzt bekannten Gesichtern begegnet, hätte ein bisschen Smalltalk gemacht und mir gedacht: »Das Leben hier ist so anders als in der Großstadt. Finde ich das nun gut oder nicht?« An diesem Tag aber waren alle in ihren warmen Häusern, bereiteten das Festessen vor oder schmückten auf die letzte Minute den Christbaum. Mama hatte den Weihnachtsbraten schon vor einer Stunde in den Ofen geschoben, bald würde er fertig sein. Pünktlich wie jedes Jahr. Rituale konnten etwas Schönes sein.

Bis auf ein paar Gestalten, die noch eilig ein paar Sachen aus dem Kofferraum trugen, war ich gänzlich allein. Ich genoss das Gefühl. Allein zu sein gaukelte einem manchmal vor, mit allem im Reinen zu sein.

Ich schlug den Weg Richtung Kirche ein. In ein paar Stunden würden hier viele zum Mitternachtsgottesdienst pilgern, jetzt war der Weg menschenleer. Wie von allein trugen mich meine Füße zu dem Friedhof hinter dem Kirchengebäude. Ich mochte Friedhöfe, besonders diesen. Als Kinder hatten wir hier oft gespielt und waren genauso oft von mahnenden Erwachsenen weggeschickt worden. Wir würden die Totenruhe stören. Ich hatte mich immer gefragt, ob den Toten so viel Ruhe auf Dauer nicht langweilig würde. Hatte mich aber nicht getraut, das anzumerken. Ich öffnete das alte Tor, das noch genauso quietschte wie vor fünfundzwanzig Jahren, und lief langsam den schmalen Weg entlang.

Auf vielen Gräbern standen frische Blumen. Morgen und übermorgen würden es sicherlich noch mehr werden. Ich las die Namen, von denen mir viele bekannt vorkamen. Fast alle Familien im Dorf hatten hier einen Angehörigen liegen. Dann kam ich in einen Teil des Friedhofs, den es damals noch nicht gegeben hatte. Die Gräber waren neuer und die Grabsteine jüngeren Datums. Auf einmal fühlte ich mich unwohl. War das nicht der Vater von Claudia gewesen und lag dort nicht die Tante von … wie hieß er noch gleich? Die Namen bekamen Gesichter und das hatte plötzlich etwas Gruseliges. Ich fühlte mich beobachtet. Vorsichtig schaute ich mich um, ob ich wirklich ganz allein auf dem Friedhof war.

Dann blieb ich abrupt stehen. Ein Schauer jagte mir über die Rücken. Vor mir lag ein schmales und schmuckloses, aber sehr gepflegtes Grab. Auf der Stirnseite befand sich ein schlichtes Holzkreuz. Automatisch erfassten meine Augen den Namen darauf, der klar zu entziffern war: Yvonne Isenberg. Ich spürte eine Gänsehaut im Nacken, die nicht von der Kälte kam. Yvonne, meine alte Mitschülerin. Yvonne, die vor drei Jahren bei einem Autounfall ums Leben gekommen war. Augenblicklich fiel mir der Brief wieder ein. Der Brief, mit dem alles begonnen hatte. Der Brief, in dem Yvonne nicht tot unter der Erde lag wie jetzt.

Ich hörte ein Rascheln hinter mir. Erschrocken fuhr ich herum. Es war nur eine Amsel, die zwischen den vertrockneten Blättern nach Nahrung suchte. Aber es genügte, um mir einen Schauer über den Rücken zu jagen. Ich machte auf dem Absatz kehrt und ging schnellen Schrittes zum Ausgang. Fast rannte ich. Plötzlich war das um mich herum nicht mehr der Abenteuerspielplatz meiner Kindheit, sondern eine Welt, die ich ganz weit weg von meiner eigenen halten wollte. Die einbrechende Dämmerung tauchte die Gräber in ein schemenhaftes Licht und ließ Schatten entstehen, die ein seltsames Eigenleben zu entwickeln schienen. Das Quietschen des Eisentors ging mir durch Mark und Bein und ich war froh, als ich Friedhof und Kirche hinter mich gelassen hatte.

Erst als das Haus meiner Eltern auftauchte, atmete ich auf. Die Straßenbeleuchtung war in der Zwischenzeit angesprungen und tauchte die Hausfassaden in ein warmes, beruhigendes Licht. Mein Gott, was bist du kindisch, schalt ich mich innerlich. Ich schloss die Haustür auf und stellte fest, dass meine Eltern immer noch nicht zurück waren. Na ja, dann würde ich es mir schon mal gemütlich machen. Ich zog meine Wintersachen aus und ließ mich wohlig seufzend auf das Sofa fallen. Wie gemütlich es war. Jetzt nicht nachdenken, nicht grübeln, sondern einfach nur sein.

In dem Moment klingelte das Festnetztelefon. Wer das wohl sein mochte? Vielleicht Johanna? Das wäre schön. Ich griff zum Hörer, der direkt neben mir lag. »Rufnummer unterdrückt« zeigte das Display an. Dann kann es sich eigentlich nicht um Johanna handeln, dachte ich enttäuscht. Ohne lange zu zögern, nahm ich das Gespräch entgegen. »Bei Kluge.«

»Hallo«, rief eine gut gelaunte Frauenstimme am anderen Ende in den Hörer.

Ich wollte etwas erwidern, aber das Wort blieb mir im Halse stecken. Denn die Stimme kam mir auf geradezu gespenstische Weise vertraut vor.

»Fröhliche Weihnachten aus Paris!«, sprach sie unbeirrt weiter.

Augenblicklich stockte mir der Atem. Ich schloss die Augen.

»Mama?«, fragte die Stimme erstaunt. »Bist du das? Alles okay?«

Ich ließ den Hörer fallen, lief ins Bad und übergab mich noch auf dem Weg dorthin. Ein entsetzlicher Schmerz schoss mir durch den Kopf. Kurz bevor ich zusammenbrach, sah ich, wie meine Mutter entsetzt auf mich zueilte. Meine Eltern waren gerade im richtigen Moment zurückgekommen.

»Ich muss ins Krankenhaus«, hörte ich mich sagen. Dann wurde alles schwarz.

KAPITEL 11

Als ich die Augen aufschlug, saß Victor neben mir auf dem Rand des Krankenhausbetts. Er sah erschöpft aus, lächelte aber glücklich. »Es ist alles gutgegangen, Marie«, sagte er und nahm meine Hand.

»Was ist passiert?«, murmelte ich erschrocken. »Wo ist mein Kind?«

»Alles in Ordnung«, flüsterte er beruhigend. »Es gab Komplikationen während der Geburt und sie mussten das Baby per Kaiserschnitt holen.«

Ich wollte aufspringen, merkte aber schnell, dass das mit einem Bauchschnitt offenbar keine gute Idee war. »Wo ist es? Geht es ihm gut?«

»Oui, mon cœur«, antwortete er zärtlich und streichelte mir über die Wange. »Die Schwestern bringen es dir gleich. Es ist ein kleines Mädchen: Josephine. Unsere Josephine.«

Langsam ließ ich mich ins Kissen zurücksinken. Eine warme Welle Glück stieg in mir auf und füllte meine Augen mit Tränen.

Ich betrachtete meinen Mann. Seine dunkelbraunen Locken fielen ihm ins Gesicht. Sie waren von feinen Silberfäden durchzogen, seit meiner Krankheit waren es sichtbar mehr geworden. Als ich vor einem Jahr einen

Zusammenbruch erlitten hatte und die Diagnose bekam, dachte ich erst, es sei alles zu Ende. Unser Glück, unsere Beziehung, unser Traum von einem eigenen Kind.

Davor war alles so glatt gelaufen. Ich hatte Victor vor fast zehn Jahren bei einem Abstecher nach Paris kennengelernt, als ich André besuchte, meinen besten Freund, der damals Hals über Kopf nach Frankreich ausgewandert war. Victor war gerade von seinem Studium aus Berlin zurück und sprach André und mich an, als er uns in einem Café Deutsch reden hörte. Es war Liebe auf den ersten Blick. Danach ging alles sehr schnell. Ich beendete mein Studium in Hamburg, tauschte Fischbrötchen gegen Coq au vin und tauchte in die Kunstszene von Paris ein. Mit Erfolg. Das Atelier, das Victor und ich eröffnet hatten, machte sich unter Kennern schnell einen Namen.

Jetzt war alles gut. Die Krankheit überwunden, unser Kind gesund. Vor vier Monaten hatten wir geheiratet.

Victor gab mir einen Kuss auf den Mund und sagte: »Deine Eltern sind schon auf dem Weg hierher, sie freuen sich wie verrückt.«

»Das ist schön«, erwiderte ich ein wenig verstimmt. »Aber ist es vielleicht möglich, dass ich meine Tochter vorher noch mal zu Gesicht bekomme?«

Victor lachte. »Ich geh mal schauen, wo die Kleine bleibt. Nach der Geburt haben sie sie erst mal versorgt und in ein Wärmebettchen gelegt. Bin gleich wieder da.« Er erhob sich und sagte im Hinausgehen: »Wenn dir langweilig ist, kannst du ja schon mal die Post durchsehen, die ich dir mitgebracht habe. Ich glaube, es sind sogar ein paar verfrühte Glückwunschkarten dabei.« Er grinste und verschwand durch die Tür.

Ich betrachtete den Stapel, der neben mir auf dem Tischchen lag. Warum eigentlich nicht? Es würde mich von meiner Ungeduld ablenken. Ich nahm den ersten Brief in die Hand. Es war einer dieser unscheinbaren blassweißen Umschläge, die es im Zwanzigerpack in jeder Postfiliale gibt. Versehen mit einer handschriftlichen Adresse, der ich eigentlich keine weitere Aufmerksamkeit geschenkt hätte. Ich tat es dennoch, denn: Es war die falsche. Auf dem Brief stand:

Marie Kluge
Lohseplatz 2
20457 Hamburg

Ich lachte. Sollte das ein Scherz sein? Ich hatte zwar in Hamburg studiert, aber ganz sicherlich nie in dieser Straße gewohnt. Vielleicht war ich gar nicht gemeint. So ungewöhnlich war mein Name nicht, dass es nicht auch eine Namensvetterin geben konnte, die zufällig in Hamburg lebte. Aber wie kam der Postbote dann auf meine Adresse in Paris? Ich drehte den Brief um. Absenderin war Christine Hausmann. Ah, Christine, der Brief war also tatsächlich für mich gedacht. Ich lächelte unwillkürlich, während ich daran dachte, wie sie mit Tim und ihren zwei Kindern auf unserer Hochzeit aufgetaucht war. »Wir sind extra aus Berlin angereist, um uns durch die Torte zu fressen«, hatte sie mich damals begrüßt.

Dann stutzte ich. Als Absenderadresse hatte sie eine Straße in unserem alten Heimatort angegeben. Wollte sie sich einen Scherz mit mir erlauben? Ich weiß nicht, warum, aber mich beschlich ein ungutes Gefühl. Ich öffnete den Brief und zog ein säuberlich gefaltetes Blatt Papier aus dem Umschlag. Ich klappte es auf und begann zu lesen. Und mit jeder Zeile, jedem Satz und jedem Wort, das ich las, entfernte ich mich unmerklich aus einem Leben, das ich bisher als normal empfunden hatte. In dem Brief stand:

Liebe Marie,

ich hoffe, ich jage Dir mit diesem Brief keine Angst ein. Das ist wirklich das Letzte, was ich möchte. Zumal Du gerade erst diese schwere Geburt hinter Dir hast, wie ich gehört habe. Du kannst dir gar nicht vorstellen, wie froh ich bin, dass alles gut gegangen ist. Ich hoffe, dass ich Dich, Johanna und die kleine Josephine irgendwann einmal besuchen kann.
Ich bin Dir noch eine Erklärung schuldig. Du hast mir sehr geholfen, musst Du wissen. Das hört sich wahrscheinlich recht unglaubwürdig an nach allem, was passiert ist. Aber es ist tatsächlich so, dass ich endlich meinen Frieden gefunden habe.
Als ich damals Hals über Kopf aus eurer Wohnung gerannt und nach Berlin gefahren bin, hatte ich nur einen Wunsch: endlich Amelie, meinem ungeborenen Kind, nahe zu sein. Und ich weiß, es klingt absurd, aber es ist mir tatsächlich gelungen. Nicht physisch, aber ich konnte spüren,

dass sie da ist. Ich bin zu der Adresse auf dem Brief gefahren und habe mir durch einen Vorwand Zutritt zu der Wohnung verschafft. Der Familie, die dort wohnt, habe ich erzählt, es sei der letzte Wunsch meiner kürzlich verstorbenen Mutter gewesen, dass ich noch einmal an den Ort ihrer Kindheit zurückkehre. Eine ziemlich makabre Lüge, aber ich habe mir nicht anders zu helfen gewusst.
Sobald ich die Wohnung betreten hatte, konnte ich alles ganz genau vor mir sehen: unsere Küchenschränke, die Wohnzimmereinrichtung, Tims Schreibtisch, das Kinderzimmer. Vor meinem inneren Auge sah ich Paul, wie er in sich versunken vor einem Kartenspiel saß. Und die kleine Amelie, wie sie alles durcheinanderwirbelte. Sie war so fröhlich und voller Leben.
In dem Moment habe ich begriffen: Es gibt nicht nur die eine Realität. Nicht nur das, was wir mit unseren Händen berühren und mit unseren Augen betrachten können. Es gibt noch so viel mehr darum herum, wir haben nur verlernt, es zu sehen. Kinder können es, wahrscheinlich ohne sich dessen bewusst zu sein. Und vielleicht erhalten wir diese Fähigkeit im Alter zurück. Paul hatte immer Zugang zur Welt seiner Schwester. Und auch ich habe einen kurzen Blick hineinwerfen dürfen.
Als ich zu Tim zurückgekehrt bin, wollte ich nur noch dieses andere Leben in Berlin. Ich war vollkommen blind für die Schönheit meines eigenen.

Erst nach dem Vorfall mit Paul bin ich zu mir gekommen. Ich habe mich geschämt und gefragt, ob ich dort wirklich glücklicher gewesen wäre als hier. Amelie wäre zur Welt gekommen, aber vielleicht hätte es andere Unglücksfälle gegeben. Mein Vater hat vor zwei Jahren nur knapp einen Herzinfarkt überlebt. Ich war fast jeden Tag an seiner Seite. Was wäre gewesen, wenn ich in Berlin gelebt hätte?
Wer sagt, wie ein glückliches und erfülltes Leben sein muss? Wir sind es, die ihm seinen Wert geben. Das tue ich jetzt. Und ich wünsche Dir von ganzem Herzen, dass Du das auch kannst, Marie.

Alles Liebe
Christine

Es war der 26. Mai, als ich den Brief bekam. Es war einer dieser Tage, die sich nicht entscheiden können, ob sie der Sonne eine Chance geben wollen. Es war der Tag, der mein Leben auf den Kopf stellte.

DANKSAGUNG

Ich danke meiner Familie für ihr »Das kannst du«,
meinen Freundinnen und Freunden für ihr »Das wird schon«,
meiner Lektorin Hannelore Hartmann und meiner Agentin Michaela Gröner für ihr »Das ist schon gut – so wird's noch besser« und
Bianca für ihr »Das passt, entspann dich«.
Ihr wart mir eine große Hilfe.